双葉文庫

書き下ろし 長編性春エロス

露色アンバランス

草凪優

目次

※この作品は双葉文庫のために書き下ろされたもので、完全なフィクションです。

露《つゆ》色《いろ》アンバランス

第一章　美人？　変人？

1

「わたし、こう思うんです。結婚生活にいちばん大切なのは、セックスの相性なんじゃないかって」

紺野奈々子《こんのななこ》は真顔で言いきった。

密室で初めてふたりきり、という状況のときのことだ。正座して向きあっているふたりの脇には、布団がひと組敷かれている。煌々《こうこう》と灯った蛍光灯を橙色《だいだいいろ》の常夜灯に変えれば、いつでも床入りはＯＫである。

「な、なるほど……」

月野光一郎《つきのこういちろう》は唸《うな》った。たしかに彼女の意見には一理あった。セックスの相性だけが重要ではないにしろ、それを軽視することもまたできない。むしろごく常識的な意見であると言ってもいい。

ただ、奈々子が言うとなんだか変だった。なんとも言えない違和感を覚えた。

おそらく、容姿のせいだろう。

長い黒髪に白い瓜実顔《うりざねがお》、涼やかな切れ長の眼をして鼻筋はきれいに通り、上品な薄い唇《くちびる》をした二十七歳は、誰がどう見ても清楚きわまりない大和撫子《やまとなでしこ》で、花にたとえれば冴《さ》え冴《ざ》えとした白百合《しらゆり》だ。要するに、「セックス」などという単語を口にするようには見えないのである。

ましてや光一郎と奈々子は結婚を前提に交際を始め、これからまさにその行為を始めようとしているところだった。そんなタイミングで堂々と、真顔でセックスの重要性を主張するなんて、やはり彼女は変わっている。

「光一郎さんはどう思いますか、セックスについて」

「いや、その……」

光一郎はコホンとひとつ咳払いをした。

「日本男児は、そういう話は照れくさいんだな。奈々子ちゃんの言うとおりだと思うけど、口にするのは恥ずかしいよ」

「そういうの、日本の男の人の悪いところだと思います」

奈々子は眉をひそめて言った。

「セックスが重要なら重要だって言うべきだし、わたしのことが欲しいなら欲しいって言うべきだし、結婚したあかつきには、好きとか愛してるとか一日に十回はささやいてほしいです。甘いキスと一緒に」

「まいったな……」

光一郎が苦笑を浮かべて頭を掻《か》くと、

「わたしは光一郎さんが欲しいです」

奈々子は立ちあがって照明の紐《ひも》を引っぱり、蛍光灯を常夜灯に変えた。にわかに淫靡《いんび》な雰囲気になった六畳間で、奈々子はグレイのロングスカートを脱いだ。白いブラウスのボタンをテキパキとはずし、それも脱いでしまう。

（うわあっ……）

光一郎は思わずのけぞり、大きく息を吞みこんだ。

奈々子の下着が予想外のものだったからだ。色は清楚な薄紫。レースや花の刺繡《ししゅう》がちりばめられた華やかなデザインから、ひと目で高級なブランドものだとわる。ブラジャーはハーフカップ。寄せてあげられた双乳の谷間は眼も眩《くら》みそうなほど深く、パンティは極端なハイレグだ。

さらに、長い両脚を包んだナチュラルカラーのストッキングがセパレートタイプだった。ガーターストッキングである。悩ましくくびれた腰に、ブラやパンティと揃《そろ》いのデザインのガーターベルトがぴったりと巻かれ、太腿《ふともも》は花模様のレースも妖《あや》しいすべり止めで飾られていた。

光一郎は、生身《なまみ》の女がこれほど色っぽいランジェリーを着けているのを初めて見た。

だがそれ以上に、キャラクターとのギャップがすごかった。

繰り返して言うが、奈々子は清楚な大和撫子なのである。花にたとえれば白百合なのである。その彼女が、実話雑誌の巻頭を飾るAV女優のような格好をしているのだから、ミスマッチにくらくらしてしまう。もちろん、ミスマッチはいやらしさを煽情《せんじょう》する。頬《ほお》を羞じらいに赤く染めつつも、それに負けじとすっくと立っている奈々子の姿は卑猥《ひわい》すぎて、生唾《なまつば》を呑みこまずにはいられない。

「光一郎さんも脱いでください」

腕を取られ、立ちあがらされた。

「ああ……」

光一郎はほとんど呆然《ぼうぜん》としながらうなずき、仕事着である作務衣《さむえ》を脱いだ。もっこりとふくらんだブリーフの前が恥ずかしく、もじもじしてしまう。彼女よりも五つも年上にもかかわらず、自分で自分が情けなくなってくる。はっきり言って、光一郎は奥手だった。年のわりには女性経験が少なく、女性の扱いにも自信がない。

「ハグしてキスしてください」

奈々子が瞼《まぶた》を半分落とし、ツンと鼻をもちあげて言った。まるでハリウッド女優みたいに堂々としているなと思いながら、光一郎はおずおずと身を寄せていった。セクシーランジェリーに包まれた白い体から、甘い匂いが漂ってきた。近くで見ると、素肌の輝きが白磁《はくじ》のように綺麗だった。

「な、奈々子ちゃんっ！」

欲望のままにむしゃぶりつくと、

「ちょっとっ！」

奈々子は声を荒らげて、蛸《たこ》のように唇を尖《とが》らせた光一郎の顔を押し返した。

「なんですか、そのやり方？　失礼ですよ」

「えっ？　ええっ？」

「もっとやさしく、甘い雰囲気でしてください！」

「……ああ、そうか」

光一郎は焦《あせ》った顔でうなずいた。たしかにムードがなかったかもしれない。やさしいハグにも、甘いキスにも自信がなかったが、何度か深呼吸をして逸《はや》る気持ちを落ち着け、奈々子の腰を抱いた。

「あ、愛してるよ……」

照れくささを懸命にこらえてささやくと、奈々子は満足そうにうっとり眼を細め、赤々と輝く唇を差しだしてきた。光一郎は高校生のときに経験したファーストキスより緊張しながら、唇と唇を重ねていった。

2

月野光一郎は三十二歳。

一年ほど前、脱サラして蕎麦屋《そばや》を開業した。

元はコンピュータプログラマーだったのだが、サラリーマンとしての未来に希望がもてなくなり、小さくても自分の城をもちたくなったのだ。

サラリーマン時代から蕎麦打ちが趣味で、自宅でよく友人にふるまっていたから、店を出すなら蕎麦屋以外には考えられなかった。それも、うどんやどんぶりものは置かない、蕎麦一本で勝負する専門店だ。味には自信があった。幸いなことに、伯父が日本料理屋を経営しており、高校、大学時代によくアルバイトをさせてもらっていたから、開業にあたっていろいろと相談に乗ってもらうことができた。

店の名前は〈月光庵《げっこうあん》〉。

奮闘努力の甲斐《かい》あって、開業直後から経営は順調に軌道に乗った。

テーブル席が四つと小上がりがひとつあるだけの小さな店だが、地元の人たちに蕎麦好きが多いらしく、昼時夕食時はいつも満卓となり、このぶんなら開業資金の返済を繰りあげることもできそうだった。

ただ、大きな問題がひとつあった。

商売の話ではない。

出会いがないのだ。

日がな一日蕎麦屋を切り盛りしている生活では、合コンに行く暇《ひま》もなく、そもそも勤めをやめたら誘いがパタリとなくなった。おまけに、店を出したのが下町の商店街だったことから、やってくる客が年寄りばかり。ぴちぴちした若い女を一度も見ることがないまま、一日が終わることも珍しくない。

光一郎には夢があった。たとえ小さくても自分の城がもてたのなら、夫婦で店を切り盛りしていきたい、と。

「どうせなら、六本木《ろっぽんぎ》あたりにおしゃれなお蕎麦屋さんでも出せばよかったのにねえ。そうすればモテモテだったかもよ」

ホール担当の内村智世《うちむらともよ》にいつもからかわれる。

「六本木に店を出すのに、いったいいくらかかると思ってるんですか」

光一郎が苦虫《にがむし》を嚙みつぶしたような顔で答えるのもいつものことだ。

「でもねえ、こんな煮染めたような商店街のお店じゃ、若い女の客なんて来やしないわよ。結婚相手なんて見つかるわけないって」

智世は三つ年上の三十五歳。かつて勤めていた会社の上司の妻なのだが、縁あって店を手伝ってもらっている。

（たしかにな……）

このままではいつまで経っても妻《めと》を娶ることができず、この先もずっと彼女の手を煩《わずら》わせなければならないかもしれない。「僕が結婚するまでの臨時雇い」という約束で手伝いはじめてもらったので、いくら皮肉を言われてもしかたがないところではある。

智世は丸顔にふくよかな体形をした可愛らしい人で、かなり魅力的だったけれど、元上司の愛妻では手を出すわけにもいかなかった。

思いあまった光一郎は、三カ月ほど前、インターネットの出会い系サイトに登録した。

セックスフレンドや援助交際の相手を求めるようないかがわしいところではなく、極めて真面目なサイトで、真摯《しんし》にメールのやりとりを重ねたところ、ひとりの女と結婚を前提で付き合うことになった。

それが紺野奈々子だった。

自分ではそれほど面食いではないと思っていた光一郎だったが、メールに添付された写真を見て衝撃を受けた。

はっきり言って美人だった。それも着物が似合いそうな和風美人で、若いのにしっとりとした色香があり、彼女のような女がホール係を務めてくれれば、〈月光庵〉が繁盛《はんじょう》してくれること間違いなしと思われた。

ひとつだけ気になるところがあったとすれば、彼女が帰国子女であることだった。父親の仕事の都合で幼少時に渡欧《とおう》し、半年前に帰国するまでヨーロッパ各国を転々としていたという。

海外旅行の経験といえば、韓国へ焼肉ツアーに行ったことがあるだけの光一郎には想像するのも難しい話だったが、両親とも日本人なので日本語はペラペラだというし、実際にメールでのやりとりで困ったことはなかった。

なにより、母国の文化に興味津々《きょうみしんしん》なところがよかった。蕎麦は日本のソウルフード、日本文化を学ぶのにこれほどうってつけの環境はないとメールすると、彼女は光一郎との結婚話に前向きになってくれた。

奈々子が初めて〈月光庵〉にやってきたのは、一週間前のことだ。

その日が初対面だったが、普通にデートをするのではなく、お店を見てみたいと申し出てきたのは彼女のほうからだった。

光一郎はふたつ返事で了解した。ぜひとも自分の城を見てもらいたかったし、男というものは仕事をしている姿がいちばん輝いているものだからだ。スーツにネクタイはイマイチ似合わない光一郎だったが、店で着ている作務衣は似合う。下手《へた》な私服で会うよりも、第一印象がいいかもしれないと思った。

平日の午後二時。昼の客足が引き、中休みに入ったころ、彼女は現れた。

「寒い、寒い」

と身をすくめながら格子戸《こうしど》を開け、店に入ってきた奈々子は怒っていた。寒さに怒っていたのだが、光一郎は唖然《あぜん》としてしまった。

十一月も半ばを過ぎているのに、奈々子が浴衣《ゆかた》を着ていたからである。

彼女なりに和風のいでだちを意識したらしいが、いくらなんでも季節はずれだ。寒いに決まっている。おまけに、帯を前で結んでいた。抱え帯を自己流にアレンジしていたのだが、もちろんそれは、遊女の結び方だった。

「なに……それ？」

智世があんぐりと口を開いて抱え帯を指さすと、

「えっ、おかしいですか？」

奈々子は罪のない笑顔を浮かべた。彼女自身は、まったくおかしいと思っていないようだった。

「あのね、浴衣の帯は普通、後ろで結ぶものなんだ。浴衣じゃなくても、着物は全部……」

光一郎は怖々《おずおず》と言ったが、

「なんにも知らないんですね？」

奈々子は胸を張って答えた。

「わたしが映画で観た和服の人は、みんな前で結んでましたよ。もっとキンキラキンな帯を……」

「それは……」

光一郎と智世は眼を見合わせた。おそらく、吉原遊郭《よしわらゆうかく》を題材にした時代劇でも観《み》たのだろうが、そんなものを参考にして浴衣の帯を結んではいけない。奈々子はどうやら、その格好で店を手伝うつもりでいたようだが、なんとかなだめすかして中休みが終わる前にタクシーで帰ってもらった。

とはいえ、光一郎は興奮していた。

装いは唖然とするしかなかったが、奈々子が写真で見たよりもずっと美人だったからである。色の白さは驚くほどで、顔立ちも綺麗に整っていたが、なによりスタイルが抜群であり、立ち姿が美しかった。浴衣をおかしなアレンジで着るのではなく、それなりに仕立てられた和服をまとったところを想像すると、身震いせずにはいられないほどに……。

外国で育ったのだから、カルチャーギャップはしかたがない。彼《か》の地と異なる日本の流儀は、少しずつ覚えてもらえればいい。

そんなことより、身震いを誘うほどの容姿のほうが重要だ。自分では面食いではないと思っていたはずなのに、美しさの前にひれ伏してしまった。彼女ほどの美人が、自分を結婚相手の候補と考えてくれているなんて、奇跡以外のなにものでもないだろう。このチャンスを逃《のが》してはいけない。なんとかして娶り、ふたりで〈月光庵〉を盛りたてていくのだ。

「とにかくわたし、お蕎麦屋さんで働いてみたいんです」

という奈々子は、翌日も中休みの時間にやってきた。今度は普通の洋服を着てきてくれたのでホッとしたが、働きたいというわりには、蕎麦を食べたことがないという。

「じゃあ、自慢のお蕎麦を食べてもらったら」

智世がニヤニヤしながら言い、光一郎はうなずいた。

普段の昼食はまかないをつくることが多いのだが、三人で蕎麦を食べることにした。ちょうど新蕎麦の季節だった。香り豊かに茹《ゆ》であがったもり蕎麦を出すと、奈々子は棒を呑んだように固まった。

箸《はし》が使えないのだった。しかたなくフォークを出すと、スパゲティを食べるようにフォークに巻きつけ、もぐもぐと口を動かした。

「ふふっ、奈々子ちゃん。お蕎麦っていうのはこうやって食べるの」

智世は奈々子に笑いかけると、蕎麦を器用に箸でつまみ、猪口《ちょこ》のつゆに半分ほ

どつけて、ずずっと啜《すす》った。音の出し方も、蕎麦のたぐり方も粋《いき》に決まってい
た。蕎麦が大好物だから、智世は高くもない時給で〈月光庵〉を手伝ってくれて
いるのだった。

しかし、奈々子は眉をひそめた。智世がドヤ顔で蕎麦を啜るほどに、おぞまし
いものでも見るような眼つきになっていく。

「どうかした？」

智世が訊ねると、

「だって……」

口に手をあてて答えた。

「音をたてて麺《めん》を啜るなんて……下品」

「いやあ……」

光一郎は苦笑した。

「外国じゃ、音をたてて麺を啜るのはマナー違反なんだけど、日本の場合はむし
ろ啜って食べるんだよね。とくに蕎麦の場合は……」

「本当に？」

奈々子が眼を真ん丸に見開いたので、

「ああ、本当にそうなんだ」

光一郎は申し訳ない気分で言った。〈月光庵〉のような蕎麦専門店では、みな高らかに啜る音をたてて蕎麦を食している。ホールの仕事を手伝ってもらうなら、こればかりは慣れてもらうしかないだろう。

3

「大丈夫なの？」

奈々子が手洗いに行った隙《すき》に、智世が耳打ちしてきた。

時刻は午後八時過ぎ。〈月光庵〉は夜の部の営業を終え、暖簾《のれん》をさげたところだった。

「まあ、なんというか、その……」

光一郎は苦笑して頭を掻《か》くしかなかった。

「今夜はゆっくりできるっていうから、いろいろ話をしてみますよ。これから先、店を手伝ってもらえるのかどうか」

奈々子たっての希望もあり、今日は夜の部の仕事を手伝ってもらった。ホールで蕎麦を運ぶ係だ。馴染《なじ》みの客の誰もが、見慣れない美女が働いていることに驚いた様子だった。

「びっくりしたな、もう。こんな美人が側《そば》にいたんじゃ、見とれて蕎麦が伸びちまうよ」

などと常連の爺様に言われ、奈々子も満更《まんざら》ではない笑顔を浮かべていたのだが、その爺様がずずっと音をたてて蕎麦を啜った瞬間、顔色が変わった。店中の客が音を競うように啜りはじめると美しい瓜実顔が蒼白《そうはく》になり、湯呑み茶碗を載せたお盆を床に落とした。

それからというもの、奈々子はホールにいられなくなったようで、厨房《ちゅうぼう》の隅でうずくまっていた。客が誰もいなくなるとそそくさとホールに出ていき、笊《ざる》や器《うつわ》をさげていたけれど、これではとてもではないが蕎麦屋の女房は務まりそうもなかった。

「じゃあ、わたし、お先に……」

智世が気まずげに言い、

「お疲れさまです」

光一郎は店を出ていく智世を見送りながら、覚悟を決めた。

どうしても奈々子と結婚がしたかった。

しかし、彼女は蕎麦を啜る音が苦手だ。

ならば、店を手伝ってもらうのをやめればいい。

この小さな店を、恋女房とふたりきり、夫婦で切り盛りしていきたかった。

たしかに、それは夢だった。

諦めるしかないだろう。

自分でも潔《いさぎよ》すぎるかもしれないと思ったが、奈々子ほどの美女と結婚できるなら、夢のひとつやふたつ失ってもかまいやしない。

奈々子が手洗いから出てきた。

美しい瓜実顔はやはり蒼白に染まったままだったが、

「あのさ……」

光一郎がねぎらいの言葉をかけようとすると、

「大丈夫です」

手をあげて遮《さえぎ》った。

「今日は初めてだったのでちょっとつらかったですが、すぐに慣れます。どんなことだって、慣れてしまうことが肝心なんだと思います」

「……そう」

光一郎はひきつった顔でうなずいた。気丈さが痛々しかったが、慣れようとしてくれているところは率直に嬉しかった。

とはいえ……。

とにかく、彼女に元気を出してもらうことが先決だった。外の店に夕食に行くにしても、まずは気付けの一杯でも呑んでもらったほうがいいだろう。

「とりあえず、ビールでも呑もうか。疲れただろう、今日は」

冷蔵庫から瓶《びん》ビールを取りだすと、

「待ってください」

奈々子が制してきた。

「それよりもわたし、上の階が見たいです。光一郎さん、この上に住んでるですよね？」

「ああ、そうだけど……」

光一郎は苦笑した。

「見てもいいけど、はっきり言って殺風景なところだよ」

「だって……」

奈々子は不意に落ち着かない素振りを見せた。

「見ないわけにはいきませんよ。光一郎さんと結婚したら、わたしもここに住むわけじゃないですか。興味があるの、当然だと思いますけど……」

蒼白だった頬がほんのりとピンク色に染まっていき、光一郎の心臓はドキンとひとつ跳ねあがった。羞《は》じらう表情が悩ましく、もう少しで勃起《ぼっき》しそうになってしまった。

「あっ、いや、そう言われりゃそうだねえ……」

光一郎は奈々子以上に落ち着かなくなり、視線をさまよわせた。

「じゃあ、その……ちょっと見学してもらおうかな……ビールで乾杯はその後でいいね、うん……」

テーブルに瓶ビールを置き、階段に向かう。喉《のど》がカラカラに渇いていたのでビールが呑みたくてたまらなかったが、我慢するしかない。

（それにしても……）

彼女はどうやら、本気で自分と結婚する気があるらしい。蕎麦を啜る音は苦手でも、生身の自分には失望しなかったということか。あるいは、メールのやりとりで想像していたより、気に入ってもらえたのだろうか。言葉に出して確認したかったが、緊張のあまりとてもできなかった。

〈月光庵〉のある建物は小さな一軒家で、元から一階が飲食店、二階が住居になっていたものを、光一郎が借り受けて改装した。仕事場兼自宅というものに憧《あこが》れていたから気に入っているが、いささか築年数が経っているので、階段などはギシギシ軋《きし》む。店の内装は隅々までこだわったけれど、自宅はなにも手を加えていないので、奈々子がどういう反応を示すか、気が気ではない。

「どうぞ」

襖《ふすま》を開け、部屋に通した。二階には六畳間がひとつしかない。あまりの狭さに恥ずかしくなった。ただし、荷物がなにもないから、六枚の畳がすべて見えている状態だった。

「まだなんにもないんだ……」

光一郎は頭を掻きながら言った。

「店が軌道に乗ったら家具なんかを買いそろえていこうと思ってたんだけど、なかなかね……」

「ベッドもないんですか？」

「布団で寝てるんだ。ジャパニーズベッドだよ」

光一郎は押し入れを開けて見せた。片づけは得意なので、布団以外のものもきちんと整理されている。無意識にそれをアピールしたかったのかもしれない。

「わたし、布団で寝たことないです」

「まあ、外国じゃそうだろうね。でも、畳に布団っていうのは、けっこういいものだよ。片づければ部屋も広く使えるし」

「敷いてください」

「えっ？」

光一郎は奈々子を見た。

「敷いてください、布団」

どうして、という言葉が喉元まで迫《せ》りあがってきたが、口から発することはできなかった。奈々子の表情に質問を拒むようなところがあったからだ。

（珍しいから興味があるのか？　それとも……）

布団という言葉に過剰に反応し、いやらしいことを連想するのは厳《げん》に慎《つつし》むべきだった。表情を引き締め、粛々《しゅくしゅく》と布団を敷いた。

奈々子がその脇に正座する。

「光一郎さんも座ってください」

「ああ……」

光一郎も相対して正座したものの、背筋を伸ばし、まっすぐにこちらを見つめてくる奈々子に、気圧《けお》されてしまいそうだった。ふたりの間に漂う空気が、じわじわと重くなっていく。

(なんなんだ、いったい……)

光一郎が内心で首をかしげていると、奈々子は大きく息を呑み、意を決したように切りだしてきた。

「わたし、こう思うんです。結婚生活にいちばん大切なのは、セックスの相性なんじゃないかって」

4

「ぅんんっ……」

唇が重なった。奈々子の唇は薄くて上品で、けれども大胆だった。重なった感触をゆっくり味わっている暇もなく開かれ、舌が差しだされた。光一郎もあわてて舌を差しだした。怖々《こわごわ》とからめあった。

橙色の常夜灯だけが灯った薄暗い六畳間で、ふたりは立ったまま抱きあっていた。お互いに下着姿だった。奈々子の下着は色こそ品のある薄紫だったが、ガーターベルトがついており、パンティのハイレグ具合もきわどいセクシーランジェリーである。

「ぅんんっ……ぅんんっ……」

舌をからめあいながら、光一郎は時折薄眼を開けてはうっとりした。たしかに奈々子とキスをしていた。しかし現実感がない。彼女のような美人とこれから床に入ってひとつになれるというのに、実感がわいてこない。あるいは美人すぎるからだろうか。キスは刻一刻と深まっていっても、まるで夢でも見ているような気分である。

と、そのとき、

「ぅんああっ……」

奈々子が舌を大きく差しだし、眉根を寄せた。その表情に、光一郎は驚いてしまった。顔立ちは清楚な大和撫子でも、表情は洋もののポルノ女優のようだったからだ。やはり彼女は帰国子女だった。顔立ちと表情のギャップがいやらしすぎて、背筋にぞくぞくと震えが這《は》いあがっていく。

「……よ、横になろうか」

衝撃でキスを続けていられなくなり、光一郎はささやいた。奈々子がうなずく。潤んだ瞳を向けてきながら、唇のまわりを舌で舐《な》める。そんな仕草もまた、顔に似合わず挑発的だ。

「どうぞ……」

光一郎は掛け布団を剝《は》がし、奈々子をうながした。白いシーツの上に、セクシーランジェリーに飾られた女体《にょたい》が横たわる。光一郎も横になり、身を寄せていった。心臓が早鐘《はやがね》を打っていた。いよいよ本格的にメイクラブが始まるから、だけではなかった。

セックスに自信がないからだ。

光一郎は昔から奥手で、童貞《どうてい》を失ったのが二十七歳。それも、発展家である会社の先輩に無理やり犯されたようなもので、騎乗位《きじょうい》で一方的に腰を振られた。その後、ふたりばかり彼女ができたが、いずれも短期間のうちに別れてしまったので、テクニックを磨く暇などなかった。

しかし……。

先ほど奈々子は言った。

結婚生活にいちばん大切なのはセックスの相性ではないか、と。

だからこそ、仕事終わりのビールで乾杯も棚上げにして、二階にあがってきたのである。愛の告白をしたり、未来の生活を語りあう前に、まずはセックスの相性を確認しようとするなんて並みの大胆さではないと思うが、ここは慎重に対応しなければならない。下手《へた》に舞いあがったりせず、テストのようなものだと思ったほうがいい。相性が悪いと思われたら最後、彼女はきっと、ためらうことなく光一郎に見切りをつけるだろう。

（それにしても……）

光一郎は息を吞んで奈々子の体をむさぼり眺めた。なんというエッチな体つきをしているのだろうか。顔立ちが清楚だから服を着ていたときは気がつかなかったが、凹凸《おうとつ》に富んだ垂涎《すいぜん》のボディをしている。乳房の迫りだし方も、腰のくびれ具合も、ヒップの丸みも悩ましすぎる。

顔立ちは大和撫子なのに、スタイルは外国人並みだと言ってよかった。そのくせ、素肌は白く、きめが細かい。白磁のように輝いている。

「あのう……」

奈々子が眼を向けてきた。ジロジロと眺めてばかりいないで、早く始めてほしいと無言で訴えてきた。

「あ、ごめん……」

光一郎はひきつった笑みをもらした。あんまり綺麗だから見とれてしまったのだと言えばいいのに、言えない自分が情けない。

右手を伸ばした。

肩に触れると、なめらかな肌の触り心地に感激し、再び動けなくなってしまう。しかし、なんとか自分を鼓舞《こぶ》して、二の腕を撫でた。じりじりと手指を動かし、ブラジャーに包まれた乳房に触れる。

「んっ……」

奈々子が息を呑み、身を固くした。ひどく初々《ういうい》しい反応だった。もしかすると、と光一郎は思った。彼女にしても、とびきりの発展家ではないのかもしれない。セックスの相性が大切だという意見は意見として、経験のほうはそれほどでもない可能性を感じる。

(そうだよ。いくら外国で暮らしてたからって、若いころからバンバンやりまくってたようには見えないよ、彼女は……)

おかげで、少し気を取り直すことができた。あお向けで横たわっている奈々子に覆い被さるようにして、両手で乳房をすくった。ブラジャーに包まれているふたつの胸のふくらみを揉みしだいた。レースのざらつきが妖《あや》しかった。ブラジャーに包まれていても量感の豊かさは隠しきれず、ふくらみを寄せるように揉みあげると、谷間がどこまでも深くなっていった。

「んんっ……あああっ……」

奈々子の息がはずんでいく。眉根をきつく寄せると、再び洋もののポルノ女優のような表情になったが、今度はあまり気を奪われなかった。それよりも、揉みしだいている乳房に夢中だった。ブラ越しでもこれほど悩ましい揉み心地なら、生身はいったいどれほどなのか、想像するだけで鼻血が出てしまいそうだ。

「脱がせて……いいかな？」

怖々とささやくと、奈々子はうなずいて背中を向けてくれた。黙ってやればいいのに、と顔に書いてあった。

かまっている暇はなかった。なにしろ光一郎は、三十二歳にもなってブラジャーのホックすら手際よくはずせないのだ。経験不足を見破られないよう必死だった。緊張に指を震わせつつ、ホックをはずし、ブラジャーを奪った。たわわに実った肉の果実が、プルルンとばかりに揺れはずんだ。

（うおおおおっ！）

胸底で雄叫《おたけ》びをあげてしまう。巨乳と言っていいサイズのうえ、丸々としているから、剝きだしになるとすごい迫力だった。おまけに乳首が薄ピンクである。グラマーなのに清らかなたたずまいが、たまらなく悩殺的だ。

早速、裾野《すその》のほうからすくいあげる。素肌はすべすべなのにもっちりした触り心地で、硬すぎず柔らかすぎず、極上の弾力である。

むぎゅっと指をくいこませると、

「んんんっ……」

奈々子は鼻奥で悶《もだ》えた。鼻をもちあげた表情がやはりどこか外国人ふうだったが、もはや気にしていられない。光一郎は十本の指を卑猥にうごめかせて、双乳を揉みしだいた。揉めば揉むほど手のひらに吸いついてくるようで、指使いに熱がこもる。興奮のあまり手のひらがみるみる汗ばんでいき、白磁の美肌を濡らしてしまう。

「ああんっ！」

薄ピンクの乳首をコチョコチョと指先でいじりたてると、奈々子は腰を跳ねあげた。敏感な反応だった。気をよくした光一郎は左右の乳首が妖《あや》しく尖《とが》りきるまでくすぐってから、片方を口に含んだ。興奮のあまり、チュパチュパと下品な音をたてて吸ってしまった。

「あはんっ！　くぅううっ……」

奈々子はそのやり方が気に入ったようで、したたかに身をよじった。きつく眉根をよせ、眼の下を生々しいピンク色に染めた表情がいやらしかった。光一郎はさらに吸った。隆起の裾野《すその》を揉みしだいては先端を吸い、乳首を舐め転がしては乳肉に指を食いこませた。

（たまらない……たまらないよ……）

光一郎まで身をよじってしまったのは、ブリーフに閉じこめられた男性器官が、勃起しすぎて苦しいからだった。乳房を愛撫しているだけでこれほどまでに興奮した経験は、いまだかつてない。これほど欲情を誘うボディの持ち主と、ベッドインしたことなどない。

いや……。

もしかすると、体の相性がいいのかもしれなかった。

ずっと外国で暮らしてきたということは、彼女が付き合ったことがあるのはおそらく外国人ばかり。日本人と肌を重ねるのは初めてかもしれない。外国人は甘いムードをつくるのがうまいかもしれないが、彼女は純和風の容姿をもつれっきとした日本人だ。ＤＮＡには抗《あらが》いきれず、いささかぎこちなくても、同胞の愛撫《あいぶ》を気持ちよく感じてしまうのではないだろうか。

（よーし……）

光一郎は俄然《がぜん》やる気になって、右手を下半身に這わせていった。

きわどいデザインのハイレグパンティの上まで行くと、手のひらにむんむんと湿った熱気が伝わってきた。

5

（これはもう、濡れてるんじゃないか……）

そうとしか思えない淫《みだ》らな熱気を手のひらに感じながら、光一郎は胸を躍らせた。最初のキスでは少々つまずいたけれど、それ以降は思った以上にうまく展開している。奥手の経験不足だからといって、なにもそれほど身をこわばらせることはないのだ。

欲望のまま、自然体で接すればいいと自分に言い聞かせながら、光一郎は上体を起こし、奈々子の下半身のほうに移動した。

目的はもちろん、クンニリングスである。

とはいえ、光一郎はオーラルセックスの経験もまた、乏しいのだった。童貞を奪われた発展家の先輩には顔面騎乗位を強制され、訳もわからないまま舌を使った経験があるが、その後に付き合ったふたりは恥ずかしがってどちらもクンニをさせてくれなかったのだ。

しかしここは、ばっちり舌技を決めねばなるまい。

なんとなく、奈々子はクンニが大好きなタイプのような気がする。恥部をこってりと舐めまわされることで、愛情を感じてしまう女である予感がする。

その証拠に、光一郎が下半身のほうに移動してもなにも言わなかった。恥ずかしがるタイプの女は、この時点でもう、NGを伝えてくる。

光一郎は奈々子の両脚を撫でた。

それだけでドキドキしてしまった。

なにしろ彼女の脚に穿《は》かれているのは、ガーターストッキングなのである。ざらついたナイロンの感触も妖しいが、太腿を飾っている花模様のレースの感触がそれに輪をかけていやらしい。レースのすべりどめと生の太腿を同時に触れれば、それはもはや非日常的なエロスであり、むらむらせずにはいられない。

「んんんっ……」

両膝《りょうひざ》を割ると、さすがに恥ずかしげに顔をそむけた。光一郎はハアハアと息をはずませながら、極薄のナイロンに包まれた二本の美脚をM字に割りひろげた。

(す、すげえ……)

悩殺的な光景が眼の前に現れた。

巨乳をさらし、腰から下をガーターベルトとガーターストッキングで飾った美女のM字開脚だった。しかも、パンティはきわどいハイレグで、いまにも両脇から黒い繊毛《せんもう》がはみ出してきそうなのである。

股間《こかん》に顔を近づけていく。

むんむんと湿った熱気が鼻先で揺らぐ。

「むううっ……」

鼻から思いきり息を吸いこむと、発酵《はっこう》しすぎたヨーグルトのような匂いが、胸いっぱいに流れこんできた。いい匂いだった。獣《けもの》じみた匂いなのに、そこはかとなく品がある。

匂いに誘われるように、パンティに鼻を押しつけた。レースの生地《きじ》の向こうから、より濃厚なフェロモンが漂ってくる。くんくんと鼻を鳴らして嗅ぎまわしてしまう。いささか下品な振る舞いかとも思ったが、鼻の頭がパンティ越しに女の

急所に当たっているらしく、

「んんっ……くぅううぅっ……」

奈々子は美貌《びぼう》をひきつらせて悶えていた。感じているようだった。パンティ越しにちょっと刺激しただけでこの反応なら、直接舐めたらどうなってしまうのだろうか。洋もののポルノ女優のように、極めて動物的なあえぎっぷりを披露するのか。

「むぅうっ……むぅうっ……」

妄想《もうそう》が脳味噌を沸騰《ふっとう》させ、勢いパンティに顔をこすりつけてしまう。鼻を押しつけるだけでは飽き足らず、割れ目のあたりを舐めまわしたり、頬ずりまでしていると、奈々子が左右の太腿で顔をぎゅっと挟んできた。レースのすべり止めに飾られた太腿だったので、ぎゅぎゅうと挟まれるほどに、顔が真っ赤に茹《ゆ》だっていくのを感じた。

辛抱《しんぼう》たまらなくなってしまった。

パンティ越しに漂ってくる湿った熱気は強まっていくばかりなので、もう相当に濡れているのだろう。

奈々子にしても、舐められたいはずだった。生身の女の部分で、舌と唇を感じたいはずだった。

光一郎は奈々子の両脚の間から頭を抜いた。きわどいデザインのハイレグパンティは、ガーターストッキングを吊しているストラップの上から穿かれていた。つまり、ガーターベルトとガーターストッキングはそのままに、パンティだけを脱がすことができるというわけだ。

（たまらんな、しかし……）

ＡＶの世界にでも迷いこんだような気分になりつつ、ハイレグパンティの両サイドをつまんだ。彼女と結婚すれば、毎晩こんなことができるのだろうか。ガーターストッキングを穿かせたまま、パンティだけを脱がせられるのか。

じりっ、とパンティをさげていく。

黒い繊毛が顔をのぞかせる。

こんもりと盛りあがったヴィーナスの丘に、優美な小判形で茂っていた。繊毛の量は、少なめだろうか。けれども黒々と色艶《いろつや》がよく、素肌は輝くように白いから、存在感があった。いやらしいのに麗《うるわ》しかった。

さらにパンティをさげていき、一気に脚から抜いた。

「ううっ……」

奈々子が恥ずかしげに顔をそむける。

光一郎はすかさず、彼女の両脚をM字に割りひろげた。我ながら素早い動きだった。一刻も早く、見たくて見たくてしようがなかった。

「ああっ……」

奈々子は顔をそむけたまま羞じらいにあえいだ。その表情も魅惑に満ちていたけれど、光一郎は一瞥《いちべつ》しかできなかった。もちろん、眼と鼻の先に表情など遥かに凌駕《りょうが》する、衝撃的な光景がひろがっていたからだ。奈々子の女の花が、艶《あで》やかに咲き誇っていた。

（す、すげえ……）

眼を見開き、ごくりと生唾を呑みこんでしまう。美人というものは、こんなところまで美しいものなのかと、感嘆せずにはいられなかった。

黒い繊毛が生えているのはヴィーナスの丘の上だけで、アーモンドピンクの花びらのまわりは無毛状態だった。花びらは大きすぎず小さすぎず、やや肉厚な印象で、完璧な左右対称だった。おかげで、ぴったりと重なりあった縦筋が、まっすぐな一本線を描いている。

男の心をどこまでも惑わす一本線だ。

よく見れば、じっとりと蜜が滲《にじ》んでいた。

ほとんど反射的に、光一郎は右手を伸ばした。親指と人差し指を割れ目の両脇にあてがい、輪ゴムをひろげるようにくつろげた。薄桃色の粘膜が恥ずかしげに顔をのぞかせ、涎《よだれ》じみた蜜があふれた。こちらも、割れ目同様に美しいセピア色のすぼまりのほうへ、タラタラと垂れていった。

「いっ、いやっ……」

奈々子が羞じらって首を振る。

光一郎はかまわず、割れ目を閉じては開き、開いては閉じた。呼吸も瞬《まばた》きも忘れ、見とれてしまった。女性器とは、果たしてこれほど美しいものだったのだろうか。花びらのアーモンドピンクはどこまでも卑猥な色艶なのに、奥の薄桃色は透明感あふれるゼリーのようだ。たっぷりと蜜をたたえて薔薇《ばら》のつぼみのように渦を巻いている姿を眺めていると、吸いこまれてしまいそうだ。

「いやっ……やめてっ……そんなにジロジロ見ないでっ……」

奈々子はしきりに首を振っていたが、光一郎はきっぱりと無視した。

これはいわゆる、いやよいやよも好きのうちというやつだろう。その証拠に、割れ目を閉じたり開いたりするほどに、あとからあとから蜜があふれてくる。ぐいっと思いきりひろげてやれば、薄桃色の粘膜が刺激欲しさにひくひくしているのがわかる。

（ククッ、舐められたいんだな……綺麗なだけじゃなくて感度もよさそうなオマ×コだものな……クンニだけでイッてしまったりしてな……）

胸底で下卑《げび》た笑いをもらしつつ、割れ目を閉じては開き、開いては閉じる。光一郎にしても、いますぐむしゃぶりついて舐めまわしたかったが、もう少しだけ眼福《がんぷく》を愉《たの》しみたくもあった。クンニの経験が乏しいということは、生身の女性器をまじまじと眺めた経験もまた、乏しいということだからである。

しつこく割れ目を閉じては開き、開いては閉じていると、肉の合わせ目の上端に光るものが見えた。

クリトリスだった。

珊瑚《さんご》色に輝く米粒ほどの肉芽《にくが》が、刺激に反応してぴょこりと頭を出してきたらしい。人差し指を伸ばしてペロリと包皮を剝いてやると、クリトリスの全貌が露《あらわ》になった。女の急所中の急所であるその性愛器官もまた、刺激が欲しくてひくひくと震えていた。

（よーし、それじゃあ、まずはここから舐めてやろうか……）

光一郎は包皮を限界まで剝ききると、珊瑚色の肉芽に狙いを定めた。顔を近づけ、舌を伸ばした。舌腹を押しつけて、ペロペロと舐めまわした。

奈々子は悦《よろこ》んでくれるはずだった。

なにしろそこは、女の体の中でもとびきり敏感な急所中の急所だ。セクシーランジェリーに飾られたグラマーボディをのけぞらせ、清楚な美貌をくしゃくしゃに歪《ゆが》めて、ひいひいとよがり声をあげてくれると思っていた。

しかし……。

「いっ、いやあああーっ！」

奈々子があげたのは、悲鳴だった。いやよいやよも好きのうちなどとはとても言えない、阿鼻叫喚《あびきょうかん》の絶叫だった。

「やめてっ！　もうやめてくださいっ！」

絶叫しながら激しく身をよじり、股間に舌を這わせている光一郎の顔を、突き飛ばすように押しのけた。夜叉《やしゃ》のように眼を吊りあげ、怒りの罵声《ばせい》を浴びせてきた。

「なにするんですか、いったいっ！」

「な、なにって……えええっ？」

光一郎が泣き笑いのような顔で首をかしげると、

「もういいですっ！」

奈々子は布団の上に散らばっていた下着をそそくさと着《つ》けはじめた。

「こんなに最低な愛撫をされたの、わたし初めてです。これがジャパニーズクオリティ？　そう思いたくないですけど……最低なのは光一郎さんだけだと思いたいですけどっ！」

言いながら服を着け、ドスドスと怒りの足音をたてて部屋を出ていった。

光一郎は呆然《ぼうぜん》とするあまり、追いかけることもできなかった。

いったいなにをそんなに怒っているのか、わけがわからなかった。

第二章　ナイショのレッスン

1

「どうしたのよ、今日は。元気がないにも程《ほど》があるんじゃないの？」

智世に声をかけられても、光一郎は生返事しかできなかった。

「いや、べつになんでもないですよ……」

時刻は午後二時過ぎ。昼の客足が引き、中休みに入ったところだった。

「なんでもないってことないでしょ？　顔色悪いし、しゃべらないし、注文三回も間違えるし」

「……すいません」

「昨夜、奈々子ちゃんとなんかあったんでしょ？」

「いえ、べつに……」

「わかるわよ。それ以外に落ちこむ理由なんて考えられないもの」

智世はさも心配そうにささやいたが、眼の奥で好奇心がうごめいていた。悪い人ではないのだが、身近な人間の色恋話が大好物なのだ。おまけに超がつくおせっかいだから、始末に負えない。出会い系サイトで奈々子と知りあったことを告白したときも、強引に居酒屋に連れていかれて、メールの内容を根掘り葉掘り聞きだされた。

「うーん、ちょっと風邪《かぜ》気味なのかもしれませんね。食欲もないから、夕方まで上で寝ることにします。智世さん、悪いですけど、お昼ごはんひとりで食べてください」

光一郎はようやくそれだけを口にすると、重い足を引きずるようにしてギシギシと軋《きし》む階段をあがっていった。とてもではないが、智世に相談する気にはなれなかった。

昨夜、ひとり取り残された光一郎は、なんとか気を取り直すと、奈々子に電話をかけた。なにが気に障《さわ》ったのかわからなかったが、とにかく謝るしかないと思ったからだった。

しかし、電話は着信拒否。

いくらメールしても、返事は梨《なし》のつぶて。

要するに、フラれてしまったらしい。

理由は、セックスの相性が悪かったから……だろう。

泣きたかった。

なにがどう悪かったのかイマイチよくわからないが、逃《に》がした魚の大きさは、光一郎自身がいちばんよくわかっていた。彼女ほどの美女と結婚できるチャンスなど、二度と訪れることはないだろう。

部屋に入ると、深い溜息《ためいき》がもれた。

布団が敷きっぱなしだった。片づけは苦にならないほうだが、今朝はさすがに気力がなかった。

ゴロリと転がり、天井を見上げる。昨日はこの布団の上で、セクシーランジェリー姿の奈々子と一緒だった。生乳を揉み、女の花を剝《む》きだしにして、穴が空《あ》きそうなくらいむさぼり眺めた。最高だった。美人というものは恥部まで美しいものなのだと感激した。

「いったい、なにが悪かったんだろうなあ……」

深い溜息をつきながら押し入れを開け、古雑誌を探った。セックステクを特集している週刊誌を見つけ出し、布団に転がりながら開いてみる。

体位について写真入りで細かい説明がされていた。光一郎が必要としている情報とはいささかズレていたが、写真が煽情的だった。エロ雑誌ではなく週刊誌なので、ドギツイ写真は使えないらしく、ビキニ姿の女が単身で、男を受け入れるポーズをとっている。

体位の解説としてはわかりづらいところもあったが、モデルが好みだった。長い黒髪に瓜実顔《うりざねがお》が奈々子を彷彿《ほうふつ》とさせた。もちろん、奈々子のほうがずっと美人で、スタイルもよかったが、表情の凛々《りり》しさや姿勢のよさなど似ているところも多い。

そのモデルが、あお向けで両脚をM字に開いた正常位の体勢をとっている。あるいは、四つん這《ば》いになった後背位《こうはいい》、膝立ちになった騎乗位《きじょうい》、対面立位に松葉《まつば》崩《くず》し……。

光一郎は唇を嚙《か》みしめた。

奈々子と結婚できれば、毎晩日替わりで体位を変えながら、体を重ねることができたのである。夫婦なのだから当然だ。むしろ、快感を分かちあうことが義務だと言ってもいい。

光一郎がいちばん好きな体位は、ごくノーマルな正常位だった。しかし、奈々子が相手ならバックもかなり燃えそうだ。あの清楚な大和撫子をワンワンポーズで後ろから突きまくれば、ペニスが鋼鉄のように硬くなって会心《かいしん》の射精を遂げられるに違いない。

騎乗位もいい。外国育ちの彼女のことだから、容姿に似合わない大胆な腰使いを見せてくれるかもしれない。いや、見せてくれるに決まっている。みずから男にまたがって肉棒を咥えこみ、ツンと鼻をもちあげたいやらしいあえぎ顔で、何度も何度もイキまくるのだ。

むらむらしてきてしまった。

週刊誌を見れば見るほどモデルが奈々子その人に見えてきて、気がつけば作務衣のズボンの下で痛いくらいに勃起していた。時計を見れば、時刻はまだ三時にもなっていなかった。夕方の営業まで二時間もある。

ズボンをおろし、ブリーフからイチモツを取りだした。ほとんど自虐的な振舞いだった。三十二歳にもなって真っ昼間から自慰《じい》に耽《ふけ》るなんて最低に違いないが、こうなったら落ちるところまで落ちていきたい。そうすれば自然と、這いあがる気力も沸いてくるだろう。

（おおっ、奈々子っ……なんていやらしい格好をっ……）

四つん這いになっているモデルの写真を眺めながら、顔やスタイルを奈々子に脳内変換していく。その性格は、イマイチつかみどころがなかった。大胆に服を脱いだかと思えば恥ずかしげに頬を赤らめ、恥部を濡らしていたかと思えば怒って帰ってしまうのだから、わけがわからない。

（こんなことしたら、どうだ？）

四つん這いに這わせたまま、クンニリングスを施《ほどこ》すところを想像した。昨日は眼福《がんぷく》を優先するあまり、しっかり舐めまわしてやれなかったけれど、クンニリングスが好きなタイプなのは間違いない気がする。クリトリスや花びらだけではなく、アヌスなんかも感じてしまうのか。

「むうっ……むううっ……」

光一郎は鼻息を荒らげて、奈々子を四つん這いクンニで責めたてている場面を想像した。想像の中で、奈々子は乱れた。なんだかんだ言っても、恥部を情熱的に舐められて、乱れない女はいないだろう。尻を振りながら発情のエキスをタラタラと垂らし、やがて挿入を求めてくる。ぶっといイチモツで貫いてほしいと、涙ながらに哀願してくる。

（よーし、入れてやるぞ……）

光一郎は満を持して後ろから挑みかかっていった。勃起しきった男根《だんこん》で濡れた花びらを掻き分け、ずぶずぶと貫いていく。

「おおっ、締まるっ……締まるじゃないか、奈々子っ……」

実際には自分の手で握っているのだから、力をこめて締まっているように感じているだけだ。しかし、我に返ってはいけない。ここで自分を客観視したりしたら、海より深く落ちこむだけだろう。始めてしまったからには、没頭するしかなかった。四つん這いの奈々子を後ろから貫き、ひいひいとよがり泣かせている妄想の中で、射精まで一気に突っ走るのだ。

「どうだ？　いいのか？　おおっ、なんて腰のくびれなんだ。ここを両手でつかんでぐいぐいピストンしてやるぞ。たまらんだろ？　綺麗な顔して、本性は獣の牝《めす》なんだろ？　マン汁で俺の内腿までベトベトだぞ。玉袋の裏まで垂れてきてるぞ……」

しゃべりながらイチモツをしごくと、本当に奈々子がそこにいるような気になった。実際、昨夜はここにいたのだ。彼女が帰ってからまだ二十四時間も経っていないのだから、気配が残っていてもおかしくない。くんくんと鼻を鳴らせば、白磁のように輝く肌から漂ってくる甘い匂いさえ嗅ぐことができそうだ。

「おおっ、これは……」

白いシーツの上に髪の毛を一本発見し、光一郎は小躍りしたくなった。長い黒髪だった。光一郎は短髪なので、これは奈々子の髪に違いない。つまみあげて、まじまじと眺めた。涙が出そうになった。いったいなにが悪かったのか、教えてほしかった。謝れと言われれば謝るし、心を入れ替えろと言われれば入れ替える用意はあった。だからもう一度チャンスが欲しかった。もう一度M字開脚に押さえこみ、美しい恥部をむさぼり眺めさせてほしかった。

「ちくしょう……ちくしょう……」

想像の中で体位を正常位に変えた。M字に割りひろげた両脚の間に腰をすべりこませ、発情のエキスでドロドロになった男根であらためてずぶずぶと貫いていった。

実際のイチモツも、大量にあふれだした我慢汁で濡れていた。包皮の間に流れこんで、しごくほどにニチャニチャと卑《ひ》猥《わい》な音をたてた。

そろそろ我慢の限界だった。奈々子が残していった一本の長い黒髪を男根の根元に巻きつけ、想像の中でフィニッシュの連打を開始した。

「どうだっ！　どうだっ！　そろそろ出すぞ……そっちもイケよ……遠慮しない

でイッていいんだよ……」

ハアハアと息をはずませて男根をしごくスピードを、フルピッチにまで高めただときだった。

悲劇が起こった。

「ねえちょっと、なにぶつぶつ言ってるのよ？　まかないつくってあげたから、一緒に食べましょうよ」

信じられないことに、智世が襖を開けたのだ。光一郎は襖に向かって体を向けていた。ズボンとブリーフをおろし、顔を真っ赤にしてイチモツをしごきたてていた。

「えっ……」

智世の顔が凍りついたように固まった。驚愕のあまり、言葉を発することすらできないようだった。

「あっ、いや……」

光一郎はあわてて自慰を中止し、ズボンとブリーフをずりあげたが、すべては後の祭だった。

2

夜の部の営業を終えると、光一郎は智世に呑みに誘われた。

というより、ほとんど強制的に近所の居酒屋に連行された。

「話があるから、ちょっと付き合いなさい」

と眼を合わさずに低い声で言われ、作務衣を着替える暇も与えられなかった。有無《うむ》を言わせない態度で、とても逆《さか》らえる雰囲気ではなかった。

（まいったな……）

光一郎は最悪の事態を覚悟しなければならなかった。智世は怒っている。もちろん、悪いのはこちらなのだが……。

夜の営業の間の、気まずさと言ったらなかった。

智世はオーダーを通す以外ではひと言も口をきかず、眼も合わさず、側に近づいてさえこなかった。場合によっては、店を辞めると言われるかもしれない。真っ昼間から自慰に耽っている男が経営している店でこれ以上働くことはできないと言われれば、申し開きのしようもない。

「すいませんでした」

居酒屋のテーブルに相対して座ると、光一郎は深々と頭をさげた。とにかく謝るしかなかった。いま彼女に辞められては店が立ちいかなくなる。さらに最悪なのは辞めたうえで事情を元上司に話されてしまうことで、そうなれば以前勤めていた会社の関係者から人間失格の烙印《らくいん》を押されるだろう。それだけはなんとしても避けなければならない。

「まあ、とにかく呑みましょう」

智世が言い、生ビールを注文した。乾杯せずに、お互いに口に運んだ。

「それで……」

ジョッキを半分ほど空《から》にしたところで、智世が切りだしてきた。

「昼間見たことは……きっぱりと忘れてあげる」

「えっ？　本当に……」

「だから、どうしてそんなに落ちこんでるか、正直に言ってみなさい」

「はあ……」

光一郎は苦々《にがにが》しく顔を歪《ゆが》めた。そうしつつ、頭の中をフル回転させ、ここから先の話の展開を考えた。

こうなった以上、奈々子にフラれた顛末《てんまつ》を話してしまったほうがいいかもしれない。いや、話してしまうべきだ。失恋の衝撃で我を失い、うっかり自慰などしてしまったことにすれば、同情してくれるかもしれないではないか。

「実はですね……」

昨夜、智世が帰ってからの流れをかいつまんで話した。智世は黙って聞いていた。幸いなことにふたりが座ったテーブルは店のいちばん奥にあり、まわりに他の客はいなかったので、いささかきわどい話をしても、他人に聞き耳を立てられることはなかった。

「……というわけなんですよ。まったくわけがわからないでしょ？　わかってるのは、僕がフラれたってことだけです。だって、電話にも出ないし、メールも返してくれないんだから」

「なるほどね」

智世はふうっとひとつ息をつくと、店員を呼んで生ビールを二杯追加オーダーした。ビールが運ばれてくると、お互いに喉を潤してから話を再開した。

「どうしてフラれたか、本当にわからないの？」

「そうなんですよ」

光一郎はうなずいた。

「なにが気にくわなかったんですかねえ、いったい……」

「じゃあ、一緒に原因を考えてあげるから、質問に答えて。まず、最初に誘ってきたのは彼女のほうからね？」

「はい」

「先に脱いだのも彼女のほう」

「ええ」

「ということは、無理やり押し倒されて怒ってるわけじゃないんだ」

「それはありません」

光一郎はきっぱりと言った。

「だって、彼女のほうからこう言ってきたんですから。『結婚生活にいちばん大切なのは、セックスの相性』だって」

「じゃあ彼女は、相性が悪いって判断したんだ」

「まあ……そうでしょうね」

「じゃあさ、途中までして突然帰っちゃったって、具体的にはどこまでしたわけよ」

「具体的？」

さすがに言いづらかったが、智世の真剣な眼つきに気圧《けお》されて、ポツポツと状況を説明していった。

「まずはその……立ったままハグとキスをしたんですが……」

「ふむふむ」

「ムードがないって感じで怒られて」

「いきなり？」

「はい。それで、僕も必死に甘い雰囲気を出しながら抱きしめて……愛してるなんて言ったりして……」

「帰国子女だから、そういうの有効なはずなのにね」

慰めるように言いながらも、智世がいまにもプッと吹きだしそうだったので、光一郎は憮然《ぶぜん》として続けた。

「立ったままひとしきりキスをしてから、布団に横になったんです」

「彼女ができたんなら、ベッドくらい買いなさいよ」

「まあ……そうかもしれません……」

「そういうのって、女の子はあんがい気にするわよ。ムードがなかったのと合わせて、バツふたつね」

「でも、彼女はけっこう感じてたんですよ。ブラをはずしておっぱいを揉むと」

「感じてるってどうしてわかるの？」

「だって……」

まわりに人はいなかったが、光一郎は声をひそめた。

「パンツの上からでも、あそこがむんむん熱くなってましたから」

「それだけで感じてるって判断するのは……どうかしら？」

「パンツ脱がせたら濡れてましたもん。ヌラヌラに濡れ光ってましたよ」

「どこが？」

「穴ですよ」

「見たの？」

「見ましたよ。瞬《まばた》きも忘れて」

「やあね……」

智世が苦笑して顔をそむける。

「そんなこと言ったって、見たいじゃないですか。おまけにすごい綺麗だったから、取り憑《つ》かれたように凝視《ぎょうし》しちゃいましたよ。割れ目を閉じたり開いたりしながら、奥の奥まで……」

光一郎の話が露骨になっていったのは、智世が顔をそむけたせいだった。こんな恥ずかしい話をさせているのは彼女のほうなのに、突き放されると哀しくなってしまう。

「なんかね、『そんなに見ないで』なんて言われましたけど、いやよいやよも好きのうちってやつですよ。だって、割れ目も奥も見れば見るほど濡れてきてるんですから。タラーリ、タラーリ、とお尻の穴まで垂れるくらいに。でね、そのうち肉の合わせ目から、ぴょっこり顔を出したんですよ。なにって、クリトリスです。これも感じてる証拠でしょ？　クリの皮を思いきり剝いてやると、ぷるぷる震えているわけですよ。これだって燃えてる証拠でしょ？」

　智世は苦笑をひきつらせ、やがて苦虫を嚙みつぶしたような表情になっていったが、光一郎の口はとまらなかった。

「それで僕は、満を持《じ》して舐めたんです。皮を剝ききったクリトリスをペロリンと。そのときですよ、彼女が『いやっ、やめてっ！』って叫び声をあげたのは。そこからはあっという間でしたね。呆然としている僕を尻目に、服を着け直して部屋を出ていって、あとは電話にも出ない、メールも返さない……」

「わかった！」

智世は遮《さえぎ》るように手をあげた。

「へっ？　なにがわかったんです」

光一郎が首をかしげると、

「あなたがどうして彼女に逃げられたか、よーくわかりました。そりゃあ、嫌われて当然だわ。相性云々《うんぬん》の前に、無神経で下手なやり方の見本みたいなものだもん。彼女にひっぱたかれなかっただけ、ありがたいと思ったほうがいいんじゃないかな」

智世は呆れた顔で言うと、「すいませーん」と店員を呼び、焼酎をボトルでオーダーした。

3

二時間後。

光一郎と智世は〈月光庵〉の二階に続く階段を、ギシギシと音をたててのぼっていた。

襖を開け、部屋に入った。布団はまだ敷かれたままだった。

光一郎の顔はこわばっている。智世もそうだ。お互いに酔っていたが、それ以上に緊張していた。

「あのう……」

光一郎は智世を見た。

「本当に……やるんですか？」

「誤解しないでよ」

智世がキッと眼を吊りあげる。

「やるって言ったって、最後までじゃないんだから。あなたはね、クンニの仕方がわかってないのよ。クリトリスっていうのはものすごく敏感なんだから、いきなり皮を剥いて舐めたりしたらダメなの。まずは皮を被せたまま、舌の裏側のつるつるしたところで丁寧に丁寧に舐めなきゃいけないんだから……」

眼を吊りあげながらも、羞じらいに頬を赤く染めて言葉を継いでいる智世の姿に、光一郎は弱りきった。

なるほど、クンニリングスのやり方が間違っていたと言われれば、そうなのかもしれない。下手で無神経なやり方だという批判も、甘んじて受ける用意がある。しかし、だからといって、なぜ智世に実地指導を受けなければならないのだろうか。

「わたしに任せておきなさい」

焼酎のボトルを空けた智世は、自信満々に胸を叩いた。

「ベッドマナーを向上させるにはね、とにかく場数を踏むしかないのよ。頭でっかちがいちばんよくないわけ」

ご説はいちいちごもっともなのだが、彼女は元上司の愛妻なのである。しかも、けっこう世話になった人物だった。大学のラグビー部でならした上司は、イケメンのうえに面倒見のいい親分肌で、誰にでも好かれるナイスガイ。そんな人に特別眼をかけてもらっておきながら、嫁を寝取ってしまってはシャレにならない。

「いやいや、そうかもしれませんけど……」

光一郎は困惑しきって首を振ったが、

「行きましょう」

智世は光一郎の腕をつかむと、強引に居酒屋を出て、〈月光庵〉に戻ってきてしまったのである。

「勘弁してください！」

思いあまった光一郎は、その場に土下座《どげざ》した。

「僕のクンニがダメダメなのはよくわかりましたが、だからといって智世さんに実地指導を受けるわけにはいきません。尊敬するご主人を裏切ることができないんです。酔ってるようなので、ここでしばらく酔いを覚ましてください。僕は下にいますから……」

恐る恐る顔をあげると、智世は仁王立《におうだ》ちで腕を組んでいた。いつもは可愛らしい丸顔が、鬼の形相《ぎようそう》になっていた。

「許さない」

ゆっくりと顔を左右に振った。

「あなたと話をしているうちにむらむらしてきちゃったんだから、責任とってもらうまで帰らない」

「い、いや……」

光一郎は泣き笑いのような顔で言った。

「むらむらしてきたなら、家に帰って夫婦生活を営《いとな》めばいいじゃないですか」

「なんですって……」

智世の眼がますます吊りあがっていく。

「あなた、うちがセックスレスだって知っててそんなこと言ってるの？」

「ええっ？」

光一郎は驚愕の声をあげた。

「そ、そうだったんですか……セックスレスって……嘘でしょ？　ご主人、精力絶倫にしか見えませんけど……」

「うちの人はね、顔がよくて仕事もできるけど、夜のほうだけが元々弱いの。おまけに最近は、毎晩接待でお酒呑んで帰ってくるしね。昇格がかかってる時期で忙しいのはわかるけど……でも、ひどいんだから、わたしがセクシーな下着を着けて身を寄せていっても、『ごめん寝かせてくれ』って背中を向けてばっかり。いったいなんだと思ってるのかしら？　わたし、家政婦じゃないのよ。ごはんつくって掃除して、お風呂沸かしておけばそれでいい、機械かなんかだと思ってるのかしら……」

吊りあがっていた眼尻がいつの間にかさがり、頬に涙が伝い落ちた。「ひっ、ひっ」と嗚咽《おえつ》までもらしはじめた。

「な、泣かないでくださいよ……」

光一郎はあわてて立ちあがり、智世の背中をさすった。完全無欠に思えた元上司に思わぬ弱点があったことも驚きだったが、智世が気の毒になってしまった。

要するに欲求不満なのだ。実地指導などというのは名目で、敏感な真珠肉がふやけるくらいクンニリングスがしてほしいだけなのだ。

腹を括《くく》るべきなのかもしれなかった。

元上司にも世話になったが、智世にはそれ以上に世話になっている。彼女の手助けがなかったなら、〈月光庵〉が軌道に乗ることもなかったかもしれない。その智世が泣くほどクンニを求めているのだ。男なら、黙って相手を務めるべきではないだろうか。

(そうだよ……クンニだけなら浮気の範疇《はんちゆう》には入らない、かもしれないじゃないか……最後まではしないって言ってるんだから……)

ずいぶん怪しい理屈だったが、なんとか自分を説得した。正直に言えば、好奇心がないではなかった。丸顔にふくよかなスタイルをした智世は男好きする典型的なタイプで、超絶的な美人というわけでもないのに、独身時代は異様にモテていたらしい。その恥部が拝めると思うと、むらむらと興奮してきてしまった。

「わかりました」

緊張に限界まで顔をこわばらせて言った。

「じゃあ、その……クンニの実地指導を受けさせてください……たしかに、僕のやり方には問題があったみたいですし……」

「……そう？」

智世の瞳が、涙ではないものでキラリと輝いた。口元に笑みまで浮かべたようにも見えたが、光一郎は気のせいだと思うことにした。

「じゃあ、脱がせてもらえるかな」

「はい」

光一郎はうなずき、蛍光灯からぶらさがった紐に手を伸ばした。

「なにするつもり？」

「いや、服を脱ぐなら暗くしたほうが……」

「いいのよ、明るいままで」

智世は頬を赤く染めて言った。

「えっ？　恥ずかしくないんですか？」

「恥ずかしいけど、暗くしちゃったら指導に支障があるじゃないの。トレーニングなんだから、隅々までよく見えたほうがいいでしょ？」

「そ、そうですねえ……」

光一郎は蛍光灯に伸ばした手を戻した。なんてやさしい人なんだろう、とは思わなかった。実は明るいところで恥ずかしいところを見られるのが好きなのではないだろうかと、勘ぐらずにはいられなかった。

とはいえ、たしかに明るいほうが助かることは事実だった。

女性器の構造は複雑である。隅々までよく見えたほうが、責めるポイントをしっかりと脳裏に焼きつけることができるに違いない。

「失礼します」

智世の体からカーディガンを脱がした。その下は落ち着いた花柄の、ゆったりしたワンピースだ。ドキドキしながら背中のホックをはずし、ファスナーをさげていく。ブラジャーのバックベルトがチラリと姿を現す。

ワインレッドだった。

その瞬間、三十五歳の人妻の色香が濃厚に匂いたった。

ワンピースの肩を脱がすと、妖しい衣《きぬ》ずれ音《おん》を残して床に落ちた。

（うわあっ……）

光一郎は眼を見開き、息を呑んだ。ワインレッドの下着姿になった智世の姿はいやらしすぎた。小柄だからトランジスタグラマーということになるのだろうか、胸のふくらみもヒップの丸みも、ゆったりしたワンピースの上からでは計り知れなかった迫力で、体全体が卑猥なほどむちむちしている。そのくせ寸胴《ずんどう》体形というわけではなく、腰はくっきりくびれているから悩殺的だ。

おまけに、下肢《かし》を包んでいるのはナチュラルカラーのパンティストッキングだった。パンストである。

ガーターストッキングもセクシーだったが、パンストの淫靡《いんび》さも侮《あなど》り難い。ガーターストッキングは男に見られることを想定しているけれど、パンストはそうではないから、ひどく無防備なのだ。股間《こかん》を縦に這うセンターシームが、この下着は男に見られるためのものではないと声高に訴えており、だからこそ視線を釘づけにされてしまう。

「なにしてるのよ？」

智世がもじもじと身をよじりながら唇を尖《とが》らせた。

「男がそうやってぼうっとしちゃうと、女はどうしていいかわからなくなるでしょ？　そういうのも、奈々子ちゃんに嫌われた原因だと思うけど」

「す、すいません……」

光一郎はひきつった苦笑を浮かべた。

「でも、その……できればリードしてもらったほうが……」

「なんですって？」

「いや、だって、僕のやり方で嫌われちゃったんだから、女に気に入られるようなやり方をですね、できれば教えてもらったほうが……」

「……いいけどね」

智世はふうっとひとつ息をつくと、

「じゃあ、あなたも脱ぎなさい」

掛け布団を剝がし、白いシーツの上にむちむちボディを横たえた。

4

（それにしても照れるな……）

光一郎は胸底でつぶやきながら、作務衣を脱いでブリーフ一枚になった。前がもっこりテントを張っていた。ワインレッドの下着姿を見せられた瞬間、痛いくらいに勃起してしまっていた。

「失礼します」

布団に横たわり、智世に身を寄せていく。智世は背中を向けていた。肌が白かった。さすが人妻と言うべきか、奈々子とはちょっと質感が違い、脂《あぶら》がのりきって透明感がある。

智世は体を回転させてこちらを向くと、

「キスして」

瞼《まぶた》を半分落としてささやいた。キスまでするのか、と光一郎は一瞬思ったが、いきなりクンニをするのも、それはそれで変かもしれない。

（ごめんなさい！）

心の中で元上司に謝りながら、智世と唇を重ねた。意外なほどうまくできたのは、智世の唇が肉厚で、弾力に富んでいるせいかもしれなかった。

「うんんっ……ぅんあっ……」

お互いに舌を差しだし、からめあった。智世のやり方は、唾液が糸を引くほどねっとりしたものだった。勢い、光一郎のキスも情熱的になっていく。舌をしゃぶりまわしているうちに照れくささは消え、興奮がこみあげてきた。

「ぅんんっ……ぅんんっ……」

舌を吸いあいながら、右手を胸に伸ばしていく。ワインレッドのブラジャーに包まれたふくらみを裾野からすくいあげ、やわやわと揉みしだく。背丈《せたけ》は低いのに、とても片手ではつかみきれない、たっぷりとした量感である。

「……あああっ！」

ぐいぐいと指を食いこませると、智世はキスを続けていられなくなり、白い喉を迫《せ》りあげた。悩ましい反応だった。一刻も早く生身の乳房を拝みたくなった。ブラジャーを脱がすのは苦手だったが、そんなことを智世に告げても説教の材料を増やすだけだろう。両手を背中にまわし、なんとかホックをはずした。カップをめくりあげると、たっぷりとした肉房がこぼれでた。

すかさず揉みしだくと、

「くぅうっ！」

智世は眉根を寄せて身悶えた。その表情もいやらしければ、乳房の揉み心地も最高だった。揉めば揉むほど手のひらに吸いついてきて、熟れているという生々《なまなま》しい実感が伝わってきた。

さすが三十五歳の人妻である。揉み心地だけではなく、きっと性感も熟れているに違いない。興奮が高まってくれば、こちらが驚くほど淫《みだ》らに乱れはじめる可能性が高い。

辛抱たまらなくなってしまった。

量感あふれる双乳と、まだまだ戯《たわむ》れていたかったが、下半身を責めたくなった。この実地指導のメインテーマはクンニリングスだ。早くそちらに移行したくて、上体を起こして下半身のほうに移動していく。

「ああんっ！」

両脚をM字に割りひろげると、智世は艶《つや》めいた声をあげた。彼女の下半身にはまだ、二枚の下着が着けられたままだった。パンティとパンストだ。

（うわあっ、なんてエロい……）

光一郎もまた、声をあげたくなるほどの衝撃を受けていた。

パンストを着けたままの人妻の下肢は、眩暈《めまい》を誘うほどのいやらしさに満ちていた。裏側を向けた太腿の量感は乳房のそれを凌《しの》ぎそうだったし、肌色のナイロンに透けたワインレッドのパンティは妖艶《ようえん》すぎた。

なにより、股間を縦に割るパンストのセンターシームが卑猥すぎる。いやがうえにも、女の割れ目の縦一本線を彷彿《ほうふつ》とさせるからだろう。

「むうう……」

光一郎はほとんど反射的に、股ぐらに鼻面《はなづら》を突っこんだ。下着の奥からむんむんと漂ってくる湿った熱気がいやらしく、ストッキングのざらついた感触がぞくぞくするほどエロティックだ。

鼻の頭でセンターシームをなぞっていくと、

「くぅうっ……くぅううううーっ！」

智世は喉を絞って悶え泣き、太腿をぶるぶると波打たせた。極薄のナイロンに包まれた足指を、ぎゅうっと内側に丸めこんだ。

（智世さん、すごい燃え方じゃないか……）

すりっ、すりっ、と鼻の頭でセンターシームをなぞるほどに、二枚の下着の奥が熱くなっていった。すさまじい濡れっぷりであることは、脱がす前から想像に難《かた》くなかった。

もしかすると、と光一郎は胸底でつぶやいた。

（クンニの実地指導なんてどうでもよくて、本当は欲求不満を晴らしたいだけなんじゃないか……完全に自分が愉しんでるじゃないか……）

丸顔を生々しいピンク色に染め、眉根を寄せて悶えている智世の顔を見るほどに疑惑が浮かんできたが、次の瞬間、そんな雑念は吹っ飛んだ。

「ねえ……」

智世が濡れた瞳を向けて、ささやいてきたからである。

「ストッキング、破っちゃってもいいよ……」

「マ、マジすか？」

光一郎は興奮に声を裏返してしまった。まるで童貞の高校生のような反応だったが、しかたがない。ベッドの上でストッキングを破らせてもらった経験などなかったからだ。情けないことに、その一点に関しては、一国一城の主《あるじ》となっても、童貞の高校生と一緒だったのだ。

「いいのよ、破って。男の人って、それをするとすごい興奮するらしいもんね」

「は、はい……」

光一郎は息を呑み、ストッキングをつまんだ。指先に力を入れて極薄のナイロンを破ると、ビリビリとサディスティックな音がたった。破れたナイロンの間から現れたワインレッドのパンティはますます妖艶に輝き、匂いたつほどの色香を放って光一郎を悩殺した。

実際に匂いも強まった。奈々子とのときには感じなかった、こってりと濃厚な性臭が鼻についた。

熟れた女の匂いだろう。その匂いをもっと嗅ぎたくて、光一郎はパンティのフロント部分に指をかけた。じりっ、とワインレッドの生地をめくると、黒々とした草むらが姿を現した。

かなり濃い逆三角形で、黒々と艶めいている。その黒さが欲望の深さの証拠のようにも感じられ、光一郎の体は熱くたぎっていく。

さらにめくっていくと、アーモンドピンクの花びらが露《あらわ》になった。大ぶりの花びらだった。くにゃくにゃとよじれながら身を寄せあっている様子は巻き貝のようで、一見すると割れ目がどこにあるのかわからなかった。

ふうっと息を吹きかけると、

「くっ……」

智世は羞じらいにひきつった横顔を向け、同時に吐息が獣じみた性臭を含んで戻ってきた。光一郎は興奮したが、

「悪い癖《くせ》よ……」

智世は咎《とが》めるような声でささやいてきた。

「そこを見られて恥ずかしくない女なんていないんだから、あんまりジロジロ見るもんじゃないの」

「いや、でも……」

光一郎は苦笑した。

「よく見られるように、蛍光灯をつけてるんですよね？」

「さりげなく見るためよ。あんまり見られると、女は見世物になったような気になって、白《しら》けちゃうんだから」

「す、すいません……」

光一郎は謝ったが、意気消沈している場合ではなかった。眼の前には、剝きだしの女の花が咲き誇っている。これを舐めまわす実地指導を受けるために、世話になった元上司に不義まで働いて床入《とこい》りしたのである。

「ジロジロ見てないで早く舐めて……」

智世がささやく。

「いきなりクリなんて舐めちゃダメよ。クリはメインディッシュなんだから、まずはまわりからじわじわ刺激を近づけていくの」

「わかりました」

光一郎はうなずき、舌を差しだした。クリトリスが敏感な器官だということは、先ほど居酒屋で呑んでいるときに散々説教された。いきなり舐めると刺激が強すぎるので、まずは花びらあたりから舐めていったほうがいいらしい。

恐る恐る舌を這わせると、

「んんんっ！」

智世がビクンッと腰を跳ねあげた。しかし、痛がっている様子はない。どう見ても、感じている反応だった。

それでも心配になり、

「気持ちいいですか？」

いちおう訊ねてみると、

「うん……まわりから、じわじわね……時間をかけてやってちょうだい……」

智世はハアハアと息をはずませながら答えた。

「オッケーです」

光一郎はうなずき、さらに舐めた。ねろり、ねろり、と舌を這わせていくと、巻き貝にように身を寄せあっている二枚の花びらが次第にほつれ、割れ目が露になってきた。さらにそれを舌先でなぞりあげていくと、花びらがめくれ、薄桃色の粘膜がチラリと見えた。

「舐めるだけじゃなくて……」

智世がささやく。

「口に含んでしゃぶってみて……ふやけるくらい……」

「わかりました」

いよいよ実地指導らしくなってきたな、と光一郎は思いながら、大ぶりな花びらを口に含んだ。

5

「ああぁっ……はぁああぁっ……はぁあああっ……」

智世の口からもれる声が、次第に甲高《かんだか》くなっていく。吐息もハアハアと高ぶり、時に快楽を嚙みしめるように息をつめる。

「むううっ……むううっ……」

光一郎の鼻息もまた、限界まで荒くなっていた。ふやけるほどにしゃぶりまわした左右の花びらはぱっくりと口を開き、蝶々《ちょうちょう》のような形にひろがっていた。必然的に薄桃色の粘膜は大胆に露出し、薔薇のつぼみのように幾重《いくえ》にも折り重なった肉ひだの層が熱く息づいているのが見えた。

垂涎《すいぜん》の眺めだったが、ジロジロと見るのは厳禁らしい。浅瀬にヌプヌプと舌先を差しこんでは、あふれてくる蜜を啜《すす》った。肉の合わせ目にあるはずのクリトリスが気になってしょうがなかったが、じっと我慢して花びらと粘膜だけを執拗《しつよう》に刺激していく。

（そろそろいいかな……）

上目遣いで智世を見れば、首に筋を浮かべたり、髪を振り乱したりしながら、悶えに悶えている。ふたつの胸のふくらみは発情の汗にまみれて濡れ光り、それをタプタプとはずませて身をよじっている。

「あのう……」

光一郎は満を持して声をかけた。

「そろそろ、クリトリスを舐めてもいいですか？」

「……待って」

智世は息をはずませながら潤んだ瞳を向けてきた。

「その前に指を入れてちょうだい」

「指、ですか……」

光一郎は右手の中指に唾をつけると、肉穴にずぶずぶと差しこんだ。熱かった。からみついてくる肉ひだの動きが、身震いを誘うほどいやらしい。

「んんんっ……そ、そのまま……中で指を折り曲げて……」

「こうですか？」

ぐいっと鉤《かぎ》状に中指を折り曲げると、指腹がざらついた上壁をとらえた。直感

が働き、そこをぐいぐいと押しあげると、

「そ、そうっ!」

智世は叫ぶように言った。

「そこがGスポットっていう急所なの……そこを押しあげながら、クリを舐めてちょうだい……やさしくよ……皮を剝いたりしないで、やさしく……」

「はい」

光一郎は指を食い締めてくる蜜壺の収縮力に息を呑みながら、舌先を肉の合わせ目に伸ばしていった。クリトリスは包皮から半分ほど顔をのぞかせ、珊瑚《さんご》色に輝いていた。指を使いながら、チロチロと舐めてやると、

「はっ、はぁあうううううーっ!」

それまでとはあきらかに違う、獣じみた悲鳴が智世の口から放たれた。ビクンッ、ビクンッ、と体中を波打たせて、悶えに悶えた。

(すごいっ……すごいじゃないかよっ……)

光一郎は驚愕せずにはいられなかった。

花びらを口に含んでしゃぶっていたときも、薄桃色の粘膜を舐めまわしていたときも、彼女は悶えていた。しかし、いまのリアクションはその比ではなかっ

た。腰をくねらせ、太腿をぶるぶる震わせ、背中を弓なりに反《そ》り返して、あえぎにあえいでいる。

（Gスポットって、クリトリスの裏側なんだな……）

中指でとらえているざらついた上壁のちょうど反対側に、クリトリスがあるようだった。つまり、ヴィーナスの丘を挟んで、内側と外側から同時に刺激しているのである。

（こうか？　こうか？）

中指を動かし、肉ひだの層を攪拌《かくはん》しながら、上壁を押しあげる。クリトリスの舐め方にも強弱をつけ、ねちっこく刺激を続ける。

（それにしても……）

女を乱れさせることが、これほどまでに男を燃えさせるものだとは思わなかった。自分はやはり、間違っていたらしい。いままで施《ほどこ》していた愛撫は、身勝手なやり方に終始していた。自分の興奮のために乳房を揉み、股間をいじってもダメなのだ。

智世が悶えれば悶えるほど、全身の血が興奮に沸騰《ふっとう》していく。あえげばあえぐほど、ブリーフの中のイチモツが硬くなり、生地の内側が我慢汁でヌルヌルになっていく。なるほど、これが愛撫なのだ。指使いも舌使いも、女を悦ばせてナンボというわけだ。

「ああっ、いやあっ……そんなにしたらダメッ……ダ、ダメになるっ……いっ、いやあああああーっ！」

智世は絶叫すると、体をひねってクンニリングスの体勢から逃れた。ざんばらに乱れた髪の奥から、呆然とした眼を向けてきた。

「イッちゃいそうでしたか？」

光一郎は得意げに訊ねた。

「ということは、僕のクンニも満更《まんざら》じゃないってことですね？」

「まだまだよ……」

智世は上体を起こし、ハアハアと肩で息をした。

「あなたのクンニなんて落第点もいいところだけど……我慢できなくなっちゃったのよ……わたしも欲求不満だから……」

言いながら、破れたストッキングとパンティを脱いだ。黒々と茂った逆三角形の草むらを露にして、光一郎にむしゃぶりついてきた。

「あなたも脱ぎなさい！」

「えっ？　ええっ……」

光一郎は焦《あせ》った。最後まではしないという話だったはずなのに、ブリーフを無理やり脱がされてしまった。

勃起しきった男根が、ブーンと唸《うな》りをあげて反り返る。恥ずかしいほど我慢汁を漏らして、亀頭《きとう》がテラテラと濡れ光っている。

「いいでしょ？」

ぎゅっと根元を握り締められ、

「むううっ！」

光一郎は真っ赤になってのけぞった。

「このままじゃわたし、冷静にクンニの指導ができないから……しちゃってもいいでしょ？」

「あっ、いやっ……それはっ……」

光一郎は最後の理性を働かせて拒もうとしたが、智世は有無を言わさず騎乗位の体勢でまたがってきた。ヌルヌルに濡れた花園に亀頭をあてがわれると、さすがに抵抗できなくなった。

欲しくなってしまったからだ。それが男の本能なのだろう。彼女が元上司の愛妻であろうがなかろうが、いま亀頭に密着している部分の奥まで入っていきたくて、いても立ってもいられなくなってしまった。

「いくわよ」

智世が息を呑んで見つめてくる。光一郎もまた息を呑んで見つめ返すと、智世はゆっくりと腰を落としてきた。ヌルヌルに濡れた花園に、亀頭をずっぽりと咥《くわ》えこんだ。

「くぅううっ……」

智世は首に筋を浮かべて身悶えつつも、すぐには最後まで腰を落としてこなかった。女の割れ目を唇のように使い、亀頭をしゃぶりあげてきた。ずちゅっ、ぐちゅっ、という肉ずれ音も淫らに股間を上下させつつ、じわじわと結合を深めていく。

（エロいっ……なんてエロいんだ、智世さんっ……）

光一郎は智世の結合の仕方の虜《とりこ》になった。いままで自分では一気に奥まで挿入したことしかなかったから、ひどく新鮮だった。このやり方のほうが結合の実感が深く味わえ、蜜壺の感触も隅々まで堪能できる。

「んんんんーっ！」

たっぷりと時間をかけて勃起しきった男根を咥えこんだ智世は、最後まで腰を落としきると、すかさず腰を使いだした。もう我慢できないという心情が生々しく伝わってくるような勢いで、クイッ、クイッ、と股間をしゃくってきた。

「むうっ！」

結合を焦らされたおかげで、光一郎の興奮もレッドゾーンを振りきっていた。智世が腰を使いだすとじっとしていられなくなり、両手を双乳に伸ばした。発情の汗にまみれたふたつの胸のふくらみを鷲《わし》づかみにし、ぐいぐいと指を食いこませた。乳首をつまんで押しつぶした。

「ああっ、いやあっ……いやあああああっ……」

乳房への刺激が、智世の乱れ方をまた一段階上昇させた。股間をしゃくるだけではなく、腰をグラインドさせてきた。男根の硬さと太さを嚙みしめるように腰をまわしては、クイッ、クイッ、と股間をしゃくった。その動きもリズムに乗り、次第にピッチがあがっていく。ずちゅっ、ぐちゅっ、と響く肉ずれ音が、みるみる淫らに高まっていく。

「ああっ、ダメッ……もうダメッ……」

切羽つまった声をあげた。

「もうイキそうっ……わたし、イッちゃいそうっ……」

「イッてください」

光一郎は唸るように言うと、膝を立て、腹筋に力をこめた。いままで溜めてあったエネルギーを爆発させるように、下から思いきり突きあげた。ずんずんずんっ、と怒濤《どとう》の連打を送りこんだ。

「はっ、はぁうううううーっ！」

智世は獣じみた悲鳴をあげ、ガクガクと腰を震わせた。股間を貫く男根の逞しさに、赤く染めた丸顔をくしゃくしゃにした。

「ダ、ダメッ……ダメようっ……そんなにしたらイクッ……すぐイッちゃうっ……イクイクイクイクッ……はぁおおおおおおーっ！」

ビクンッ、ビクンッ、と腰を跳ねあげて、智世は恍惚《こうこつ》への階段を一足飛びに駆けあがっていった。トランジスタグラマーなボディをぶるぶると痙攣《けいれん》させて、絶頂に達した。その瞬間、蜜壷の締まりが増した。勃起しきった男根をぎゅうぎゅうと締めあげられ、光一郎も限界に達していく。

「おおおっ……出ますっ……こっちも出ますっ……」

ガクガクと震えている蜂腰《はちごし》をつかみ、下からずんずんと突きあげる。息をとめて全身を熱くみなぎらせ、フィニッシュの連打を送りこんでいく。

「もう出るっ……出ますっ……出ちゃうっ……おおおおおおーっ！」

雄叫《おたけ》びをあげて最後の一打を突きあげると、

「はっ、はぁあああああああーっ！」

智世が再び腰を跳ねさせた。

「す、すごいっ……続けてイクッ……続けてイッちゃうううううーっ！」

「おおおっ……おおおおっ……」

貪欲に喜悦をむさぼる三十五歳の人妻の中で、光一郎は煮えたぎる欲望のエキスを噴射させた。ドクンッ、ドクンッ、と放出するたびに、気が遠くなるほどの歓喜の波が押し寄せてきた。

考えてみれば、久しぶりのセックスだった。

放出のたびに男に生まれてきた悦びを噛みしめてしまったが、それをじっくりと味わうことはできなかった。

出しても出してもこみあげてくる射精の衝動は畳《たた》みかけるようで、快感だけが暴走機関車のように先へ先へとつんのめっていく。

「おおおっ……おおおおっ……」

だらしない声をもらしながら射精を続け、息も絶《た》え絶《だ》えになった。最後の一滴を漏らしおえると、そのまますうっと意識を失ってしまった。

第三章　オーラル天国

1

翌日の気まずさといったら、それはもう大変なものだった。

蕎麦をつくっているときはまだよかったが、客足が途絶えるとふたりきりの空気に耐えられなくなり、光一郎はしたくもない手洗いに何度も足を運ばなければならなかった。

お互いに気まずいのなら、まだ救われたかもしれない。

だが、元上司の妻と体を重ねてしまった罪悪感に身悶えているのは光一郎ひとりで、智世のほうはまるで気にしていない様子だった。

というより、すっかり光一郎の金玉を握った気になっているようで、眼が合うたびに意味ありげな笑みを浮かべる。ときには、仕事中にもかかわらず身を寄せてきて、

「あなたのベッドマナー、ホントに残念ね。もっと場数を踏まないと向上しないかもよ。よかったら、毎晩でもお相手するけど」

などと耳打ちしてくるのだからたまらない。

「勘弁してくださいよ、もう」

光一郎が泣きそうな顔になればなるほど調子に乗り、あれやこれやとからかってくる。智世の性格を考えれば、こうなることは充分予想がついたのに、甘言《かんげん》に乗ってしまった自分が悪いのだ。しかし、いまさらそんなことを言ったところで、後の祭以外のなにものでもない。

(もうこうなったら、智世さんと行く道行ってやるか……欲求不満を晴らしてやれば、こんなにいじめられないだろうし……)

そんなことさえ脳裏をよぎり、光一郎はあわてて自分を諌《いさ》めなければならなかった。たった一度ならあやまちと言い訳できても、回を重ねてしまえば確信犯である。そうなってしまえば、疑いの余地のない裏切り者だ。元上司に対し、恩を仇《あだ》で返す人間の屑《くず》になってしまう。

落ち着かない気分のまま、数日が過ぎた。

〈月光庵〉に衝撃が訪れたのは、夜の営業を終え、ホールや厨房《ちゆうぼう》の片づけもあらかた済んだころだった。

「ねえ、明日はお店休みだし、呑みにでも行かない？」

智世に声をかけられ、

「いいえ」

光一郎はきっぱりと首を横に振った。

「ちょっと野暮用《やぼよう》があるんで、今夜はダメです」

「なによ、野暮用って？」

「野暮用は野暮用ですよ。こう見えたってね、僕にだって用事くらいあるんですから」

答えつつも、腹の中でペロリと舌を出した。店が終われば、用事などなにもない。明日が定休日なので、ひとりで呑みに行きたいだけだ。

酒でも呑まずにはいられなかった。結婚相手の候補に逃げられ、姉貴分と慕《した》っている女には弱みを握られていじめ抜かれ、この心の荒廃を癒《いや》すには、気絶するまで呑むしかなかった。ちょっとばかり羽目をはずし、キャバクラなんぞに足を運んでみるのもいいかもしれない。

だいたい、智世とふたりで呑みにいったりすれば、おかしな雰囲気になり、二度目のあやまちを犯さないとも限らないではないか。いや、彼女は絶対にそれを狙っている。欲求不満の憂《う》さ晴らしに、光一郎の体を使おうとしている。そんなリスキーな誘いは、断固として拒否しなければならない。

そのとき、ガラガラと格子戸が開けられる音がし、

「すいません。もうおしまいです」

光一郎は反射的に声をあげた。しかし、眼を向けたとたん、あまりの驚愕にもう少しで悲鳴をあげてしまいそうになった。

奈々子がそこに立っていたからである。

夢ではなかった。太腿をつねったら痛かったからだ。

足がついているから、幽霊でもない。

しかも、笑っていた。

清楚な瓜実《うりざね》顔にエレガントな微笑をたたえて、しゃなりしゃなりと店内に足を運んできた。ロングスカートにセーターという飾り気のない格好をしていたが、それがかえって、生来の美貌を際立たせている。

「喜んでください」

光一郎の前まで来て、切れ長の眼を輝かせた。

「わたし、頑張って克服しましたから」

「克服……って、いったいなにを？」

光一郎の声は震えていた。人間、あまりに仰天すると頭の中が真っ白になってしまうものだが、完全にそんな状態だった。

「音ですよ」

奈々子は蕎麦をたぐるジェスチャーをした。

「お蕎麦を啜るずるずるした音。あの音に慣れないと、お蕎麦屋さんのお嫁さんにはなれないって、あれからいろんなお店に行って修業してきたんです。啜る音に慣れるまでじっとして、自分も啜ってみて……その結果、すっかり慣れました。もう仕事中に立ち往生してしまうことなんてありませんから」

「そ、そう……」

光一郎はひきつった顔でうなずいた。智世を見ると、彼女も唖然としているようで、あんぐりと口を開いていた。

「じゃあ、その……つまり……なんというか……まだ僕と結婚してくれる気があるわけ？」

恐る恐る訊ねると、

「当たり前じゃないですか」

奈々子は胸を張って答えた。

「わたし、努力で克服できないことなんてないって信じてますから」

「そ、そう……」

光一郎と智世はもう一度顔を見合わせた。まったくわけがわからない女である。蕎麦を啜る音はともかく、ベッドマナーの件はどうなったのだろうか。怒ってこの家を飛びだしていった原因は、間違いなく光一郎の無神経なクンニリングスにあったはずだ。それに関しても、努力で克服するチャンスをいただけるということだろうか。

「それで……」

奈々子は声音《こわね》をあらためて言った。

「一刻も早くこのお店にも馴染《なじ》んで、仕事を覚えられるように、住みこみで働かせていただこうと思うんですが、よろしいですか？」

「えっ……」

光一郎は一瞬、返す言葉を失った。住みこみということは、まさかここの二階で寝泊まりするつもりなのだろうか。あの狭いところに、自分とふたりで……まるで新婚夫婦のように……。

「ねえ、どうなんですか！」

「あの、いや……かまわない……こっちはかまわないけど……」

「ありがとうございます！」

奈々子はにっこりと相好《そうごう》を崩すと、どういうわけか踵《きびす》を返した。店から出ていき、「お願いしまーす」と大声をあげた。

いったいなにが始まるのだろうと、光一郎は立ちすくんだまま動けなかった。それを尻目に、作業服姿の屈強な男たちが段ボールを抱えてどやどやと店に入ってきた。

引っ越し業者らしい。

つまり奈々子は、二階に住みこむ準備を万端に整えて、再び〈月光庵〉に戻ってきたのである。

「あのう……」

智世が苦笑まじりに声をかけてくる。

「じゃあ、わたし、お先に失礼するね。また明後日……」

彼女の顔には、こんな茶番劇にこれ以上付き合いきれないと、はっきり書いて息をついた。
そそくさと店を出ていく智世の背中を見送りながら、光一郎はふうっと深い溜
「いや、その……まいったな、もう……」
あった。

2

荷物が運びこまれた二階の部屋を見て、光一郎は呆然とするしかなかった。

六畳ひと間に、段ボールの山がところ狭しと積みあげられていたからだ。

唯一スペースが空いているのはベッドの部分だけで、足の踏み場もロクにない。めちゃくちゃだった。奈々子にしても、この家の狭さは理解していたはずなのに、ベッドまで運んでくるなんて考えられない。

「ごめんなさい」

奈々子が身を寄せてささやいた。色っぽい雰囲気なのではなく、身を寄せていないと大人ふたりが立っていられないくらい、部屋に荷物がつめこまれているのである。

「まさかこんなにぎゅうぎゅうになっちゃうなんて……」

「わかってたことじゃないか」

光一郎の声はさすがに尖《とが》った。

「いくらなんでもベッドまで運びこむなんて……しかも、あんな大きな……ダブルだろう？」

「ダブルより大きいクイーンサイズです」

「……ふうっ」

なるほど、彼女は広々としたベッドで手脚を伸ばさなければリラックスして眠れないのかもしれない。睡眠不足は美容の敵だから、美しさを保つために自分のベッドが必要なのだと言われれば、返す言葉もない。

だが、その代わり、こちらの居住スペースはなくなった。二階にはもう、光一郎の布団を敷くスペースなどどこにもない。

「まあね……」

光一郎は溜息まじりに言った。

「運んできちまったものはしかたがない。キミはここで寝ればいいよ。僕は下の小上がりに布団を敷いて寝るから……」

「どうしてですか？」

奈々子は罪のない顔で訊ねてきた。

「あのベッドなら大人ふたりが横になっても充分余裕がありますから、一緒に寝ればいいじゃないですか……」

「えええっ……」

光一郎は泣き笑いのような顔になった。密着している奈々子の体が急に生々しく感じられ、心臓が早鐘を打ちはじめる。

「とにかく、この体勢じゃ話しづらいですから、あっちに行きましょう」

奈々子が向かった先は、ベッドの上だった。積みあげられた段ボールの隙間を縫《ぬ》うようにしてそこに向かい、光一郎も続く。

さすがにクイーンサイズだけあって、かなり広かった。他が狭苦しいせいもあって、そこに腰をおろすと妙に気分が落ち着いた。

「ねっ、ここならふたりで一緒に寝られるでしょう?」

「ああ、うん……」

光一郎は曖昧《あいまい》に首をかしげた。たしかに、スペース的にはそうだろう。だが、気持ち的にはどうなのだろうか。ひと組の男女がひとつのベッドで寝起きをするということは、つまり……。

もう思いきって訊いてみるしかない、と光一郎は腹を括《くく》った。

「つまり奈々子ちゃん……この前のことは、その……許してくれたわけ？」

「この前のこと？」

「いや、その……だって、セックスの途中で、怒って帰っちゃったじゃないか。てっきり嫌われたものだとばかり思ってたよ。連絡はつかなくなっちゃうし、もう二度と会えないだろうって……」

「たしかに怒りました……」

美しい瓜実顔が、にわかに険《けわ》しくなった。

「でも、たった一回試しただけで、セックスの相性がいいか悪いか決めてしまうのは、早計だとも思いました。わたしがここに引っ越してきたのは、それを見極めるためでもあるんです。昼間はお蕎麦屋さんのお仕事、夜は光一郎さんとのセックスの相性……どっちもまだ自信がありませんけど……」

「要するに……」

光一郎は低く声を絞った。

「こっちにも弱点を克服するチャンスを与えてくれるっていうんだな。キミが蕎麦の啜る音に慣れたように……」

「……はい」

うなずいた奈々子の頬は、ほんのりしたピンク色に染まっていた。

「できれば、その……もっとやさしくしてほしいというか、なんというか……」

「わかってる。わかってるんだ」

光一郎は皆まで言うなというふうに制した。

「自分でも、この前のことは反省してるんだ。きっと舞いあがりすぎてしまったんだな。奈々子ちゃんみたいに綺麗な人と床入りできて……こんな幸運、いままでの俺の人生になかったから……」

「そんな……幸運だなんて……」

瓜実顔の頬はどんどん赤みが増していっている。

「わたしもちょっと反省したんです……いきなり怒りだして、申し訳なかったって……光一郎さん、傷つきませんでした？」

「そりゃあ、傷ついたさ」

光一郎は大きくうなずいた。

「っていうか、ショックを受けたよ。セックスが下手《へた》なのはしかたがないにしろ、奈々子ちゃんに嫌われちゃったことが……結婚話がなくなって、もう二度と会えなくなっちゃうんだろうなって思うと……」

　感極まって涙が出てきそうになり、洟《はな》を啜ると、

「ごめんなさい」

　奈々子が胸に飛びこんできた。

「心配かけて、本当に……」

「いや……いいんだ……いいんだよ……」

　光一郎はむせび泣きながら抱きしめた。なんていい子なんだろうと思った。見《み》目麗《うるわ》しい容姿とは裏腹に、不器用な性格なのだ。帰国子女であることも原因のひとつなのだろう。日本人同士のあうんの呼吸がわからないから、勢い強硬に自分を押しだしてしまうのだ。

「キスしてください」

「ああ」

　光一郎はうなずいて唇を重ねた。舌を出さずに、唇だけを長い時間重ねつづけた。心根のやさしさが伝わってくるようなキスだった。すべて許そうと思った。彼女が手に入るなら、いきなり大量の荷物で二階を占領されてしまったことくらい、ものの数ではないと思った。

「ぅんんっ……ぅんんっ……」

奈々子が口を開いたので、光一郎もそれに倣《なら》った。舌と舌とをねっとりとからめあい、しゃぶりあった。次第にお互いの呼吸が高ぶっていく。それをぶつけあいながら、なおもキスを深めていく。

欲情がこみあげてきた。

親愛の情を示すキスだったはずが、気がつけばセックスの前戯のように、ねろり、ねろり、と舌をからめあっては、お互いの口をむさぼりあっていた。

（ちくしょう、たまらなくなってきちゃったじゃないか……）

イチモツが硬く勃起していくのを感じながら、光一郎は胸底でつぶやいた。とはいえ、まわりは段ボールの山である。メイクラブを始めるのに、これ以上相応《ふさわ》しくない、間の抜けたシチュエーションもそうはないだろう。

ひとまず、荷物を片づけるのを手伝ったほうがいいだろうか。あるいは、ラブホテルにでも行ったほうが話が早いか。駅前まで行けば、飲み屋街の裏手にいくつかあったはずだ。

だが、奈々子のようなタイプに場末《ばすえ》のラブホテルは似つかわしくないし、不用意に誘って怒りを買われては大変である。いっそ新宿《しんじゆく》まで出て、夜景の見える高層ホテルにでもエスコートしようか。明日は店も定休日だし、ゆっくり泊まってくればいい。

ところが、

「あのさ……」

キスを中断してささやきかけると、

「あのう……」

奈々子も同時に声を出した。

「なに？」

光一郎が先を譲ると、

「はい……」

奈々子は恥ずかしげにもじもじしながら、上目遣いを向けてきた。清楚な美女の上目遣いは、それだけで呼吸を忘れさせるほどの悩ましさだったが、

「この前の続き、してもらいたくなっちゃいました……」

甘い声でささやかれると、光一郎の頭にあった雑念はきれいに吹っ飛んだ。

どうやら彼女は、このままこの場でメイクラブに突入したいらしい。

ならばそれが正解だろう。

段ボールの山に囲まれた間抜けなシチュエーションでも、相手が奈々子ほどの美女ならば、あんがい素敵な桃源郷《とうげんきょう》に早変わりするような気がしてきた。

3

「灯り、暗くします」

奈々子は立ちあがって蛍光灯の紐を引っぱり、橙色の常夜灯に変えた。段ボールの山に囲まれたベッドも、薄暗くなるとそれなりに雰囲気が出た。

（うむ、悪くないじゃないか……）

光一郎は胸底でうなずいた。わざわざ新宿まで出かけていけば、せっかくの高揚した気分が鎮まってしまう可能性がある。ここはやはり、この場で始めてしまうことが正解だったのだ。

奈々子は照明を暗くしても、ベッドの上で立ちあがったままだった。羞じらいに頬を赤く染めながら、セーターを脱ぎ、ロングスカートを脚から抜いた。

（うおおおおーっ！）

光一郎は胸底で雄叫びをあげてしまった。前回は薄紫のセクシーランジェリーで悩殺されたが、今回は黒だった。

前回以上にセクシーな色なうえ、前回同様、ガーターベルトの付いた三点セットである。

黒いレースの生地が抜けるように白い肌をひときわ際立て、極薄の黒いストッキングが常夜灯の薄明かりに妖しく映えていた。

こうなってしまうと、もう間抜けなシチュエーションなどと言えない。にわかに淫靡《いんび》な匂いがたちこめてきて、このベッドの上が世界でいちばんエロティックな空間にさえ思えてくる。

「光一郎さんも、脱いでください」

奈々子に言われ、光一郎はハッと我に返った。

危ないところだった。興奮のあまり女体をジロジロ見てしまうのは悪い癖だ。

光一郎はあわてて作務衣を脱いで、ブリーフ一枚になった。両手をひろげて、悩殺ランジェリー姿の奈々子を抱擁した。

「ぅんんっ……ぅんんっ……」

自然と唇が重なりあい、舌と舌とをからめあわせる。部屋が薄暗くなり、お互い下着姿になったことで、必然的に口づけにも熱がこもる。唾液と唾液がねっとりと糸を引く。

「んんっ！」

キスを深めながら乳房を揉むと、奈々子は鼻奥で悶《もだ》えた。眉根を寄せた表情が相変わらず洋もののポルノ女優のように淫らだったが、眼福《がんぷく》を味わっている暇はない。流れるような動きでブラジャーを奪って生乳を揉み、乳首を舐め転がした。左右ともツンツンに尖《とが》りきらせると、右手を下半身に這わせていった。

黒いレースのハイレグパンティが食いこんでいる股間からは、妖しい熱気がむんむんと漂ってきている。

奈々子にしても感じているのだ。セックスが嫌いなわけではないのだ。要はその気分を邪魔せず、高めてやればいいだけの話なのだろう。十代の童貞少年のように、いちいち見た目や感触に反応し、見とれてしまっているから、彼女も乗りきれなくなってしまったのである。

ハイレグパンティの上からひとしきり割れ目を撫でさすり、股布《またぬの》がじっとりと湿ってくると、光一郎は下半身のほうに移動した。両手でサイドをつかみ、パンティを脱がした。優美な小判形に茂った草むらを露《あらわ》にすると、息を呑まずにはいられなかったが、ジロジロ見ることは厳《げん》に自粛する。

「ああっ……」

両脚をM字に割りひろげると、奈々子は羞じらいにあえいだ。ここでもジロジロは厳禁だ。恥ずかしさを忘れるほどの快感を与えてやるのだと、光一郎は顔を近づけていった。アーモンドピンクの花びらは相変わらず綺麗なシンメトリーを描き、魅惑の縦一本線をつくっていた。舌先を尖らせ、下から上に舐めあげていく。合わせ目の上端にあるクリトリスにはまだ触れないように注意しながら、ねろり、ねろり、と舌先を動かす。

「んんっ……くぅううっ……」

奈々子が身をよじって悶える。黒いランジェリーのせいなのか、悶える姿が前回よりもずっと妖艶で、舌使いに熱がこもっていく。

「むうっ……むううっ……」

光一郎は荒ぶる鼻息で黒い草むらを揺らしながら、花びらを口に含んでしゃぶりまわした。左右とも丁寧《ていねい》に舐めてヌメリをとろうとしたが、しゃぶればしゃぶるほど奥から蜜があふれてくる。したたるほどに垂れてきて、ねっとりと淫らがましい糸を引く。

光一郎は薄桃色の粘膜に舌腹を這わせ、あふれた蜜をじゅるっと啜った。

「あううっ……」

奈々子が恥ずかしそうにあえぎ、黒いナイロンに飾られた太腿をぶるぶると震わせた。音をたてて啜られるのが恥ずかしいらしい。

光一郎は怒られるのを回避するため、啜るのをやめたが、

「啜ってください……」

奈々子がハアハアと息をはずませながらささやいた。

「それが日本男児のやり方なんですよね？　お蕎麦と同じように……」

「えっ、いや……うん……」

ひどい勘違いがあるような気がしたが、光一郎はうなずいた。音をたてて啜れば、こちらも興奮するからだ。じゅるっ、じゅるるっ、とことさら大きな音をたてて啜った。啜っても啜ってもあとからあとから泉のようにあふれてくる蜜を、喉を鳴らして嚥下《えんか》した。

「ああっ、いやあっ……いやあああっ……」

同じ「いや」でも、前回とはあきらかに声音が違った。悩ましいほど甲高《かんだか》くなり、卑猥に上ずっていた。

感じているのだ。これこそ真の「いやよいやよも好きのうち」だと光一郎は確信し、右手の中指を口に含んだ。唾液をたっぷりとまとわせて、肉穴にぬぷぬぷ

と埋めこんでいく。

「はっ、はぁううううーっ！」

蜜壺の中で指を鉤《かぎ》状に折り曲げると、奈々子は獣じみた悲鳴をあげた。指腹は、上壁のざらついた部分——Gスポットをしっかりととらえていた。

（ここだろ？　ここがいいんだろ？）

ぐにぐにと第一関節の先を動かせば、指の根元が蜜壺の入口に食い締められた。たしかな反応だった。奈々子が感じていることは、間違いないようだった。

「くぅううっ……くぅううっ……」

指の動きに合わせて腰をくねらせている奈々子を一瞥《いちべつ》すると、光一郎は満を持《じ》してクリトリスに舌を伸ばした。包皮を被せたまま、ねちねちと舐めた。ごく軽く、触れるか触れないかという舐め方だったが、

「はっ、はぁおおおおおーっ！」

奈々子は絶叫をあげて、長い黒髪を振り乱した。ツボに嵌《は》まったようだった。

光一郎は蜜壺に埋めこんだ指を動かし、クリトリスを舐めた。興奮のあまり愛撫が雑にならないように注意して、じわじわと責めていく。そのやり方も、奈々子のツボに嵌まったようだ。

「ああっ、いやっ……いやいやいやあああっ……」

手放しでよがり泣きながら、したたかに身をよじった。もっと強く刺激してとばかりに、みずから股間を上下させてきた。

(いやらしいっ……綺麗な顔して、なんていやらしいんだっ……)

光一郎は次第に、自分を制することができなくなっていった。黒い悩殺ランジェリー姿で悶えに悶える清楚な美女の姿がいやらしすぎて、脳味噌が沸騰《ふっとう》しそうなほど興奮していく。

勢い、指先に力がこもった。鉤状に折り曲げたまま、抜き差しを開始した。そうしつつ、クリトリスを舐めまわした。

Gスポットに指先をひっかけるようにしてすると、奈々子はことさら感じるらしく、

「ああっ、ダメえっ……そこはダメえええええっ……」

背中を弓なりに反り返らせて絶叫した。突きだした白い喉がセクシャルだった。光一郎は愛撫に没頭した。頭の中を真っ白にして、舌を使い、指を動かした。蜜壺の中が潤みに潤み、指を出し入れするたびに、ずちゅっ、ぐちゅっ、ずちゅっ、ぐちゅっ、と卑猥な音をたてている。

「ああっ、ダメッ……ホントにダメッ……」

奈々子が切羽つまった声をあげた。

「で、出るっ……そんなにしたら出ちゃううううううーっ！」

次の瞬間、ピュッピュッと飛沫《しぶき》が飛んだ。潮吹《しおふ》きだった。さらにずちゅっぐちゅっ、と鉤状に折り曲げた指を出し入れすると、飛沫はどんどん大きくなり、水鉄砲のように放物線を描いた。

（これが……これが潮吹きか……）

光一郎にとって初めての経験だったので、瞬きも呼吸も忘れてしまう。

「あぁあああっ！　はぁあああああああーっ！」

奈々子は清楚な美貌をくしゃくしゃに歪め、体中を小刻みに痙攣させた。潮を吹いている喜悦に身をよじりつつも、羞じらいにむせび泣いている。

光一郎が愛撫を中断すると、糸の切れたマリオネットのように、ぐったりした。その股間の下のシーツは、失禁したような大きなシミができていた。

4

静寂が気まずかった。

先ほどまで大の字のまま動けなかった奈々子は、呼吸が整ってくると、光一郎に背中を向けて体を丸めた。乱れに乱れた長い黒髪の中に顔を隠し、嗚咽《おえつ》をもらしはじめた。

（ちょっとやりすぎちゃったかな……）

光一郎は胸底でつぶやいた。智世に教わった愛撫が、あまりに効果的だったので、つい調子に乗ってしまったらしい。智世ですら潮までは吹かなかったのに、奈々子には盛大に吹かせてしまった。もちろん快感もあっただろうが、嗚咽をもらしているのは羞恥のためだろう。

「ごめんよ……」

尻を撫でながらささやいた。

「せっかく運んできたベッドをびしょ濡れにしちまって……これ、乾かさないとまずいよな。ベランダに干すか？」

「ううう……」

奈々子が長い黒髪を掻きあげ、恨みがましい眼を向けてくる。瞳を潤ませ、眼の下をねっとりと紅潮《こうちょう》させたその顔には、オルガスムスの痕跡《こんせき》がまだ、生々しく残っていた。

「いいです。あとでドライヤーかけますから。だいたい、部屋がこんな状態じゃ、マットをベランダまで移動させられませんよ」

「そう言われりゃ、そうか……」

光一郎は苦く笑いながら、上目遣いで奈々子の顔色をうかがった。

「怒ってる？」

「べつに……」

プイと顔をそむけられたので、

「怒ってるじゃないか、完全に」

光一郎は泣き笑いのような顔になった。

「怒ってるんじゃなくて、ちょっとびっくりしただけです……わたし、潮なんて吹かされたの、初めてですから……」

「……気持ちよかった？」

「……はい」

奈々子は顔をそむけたままうなずいた。すねた少女のように唇を尖らせていた。気持ちがよかったならそんな顔をしなくてもいいじゃないか、と光一郎は思ったが、もちろん口には出せない。

「でも、ずるいです」

奈々子がキッと眼を吊りあげて睨んでくる。

「わたしばっかり責められて、ずるい。今度はわたしが責める番です。いいですよね？」

「えっ、ああ……うん」

うなずきながら、光一郎は背筋にぞくぞくと興奮の震えが這いあがっていくのを感じた。彼女が責めるということは、フェラチオをしてくれるという意味だろうか。そんなに綺麗な顔をして、男根を口に咥《くわ》えてしまうのか。

「じゃあ、立ってください」

「う、うん……」

光一郎がおずおずと立ちあがると、奈々子はその足下で正座した。光一郎のイチモツは痛いくらいに勃起して、ブリーフがもっこりとテントを張っていた。

「元気ですね」

奈々子がささやきながら、テントを撫でてくる。平静を装っているつもりらしいが、眼の下の紅潮がどんどん強くなっていく。

ブリーフをめくりさげられた。

勃起しきった男根が唸りをあげて反り返り、湿った音をたてて臍《へそ》を叩く。我ながら気まずくなってしまうくらい、亀頭《きとう》が我慢汁で濡れ光っている。

「やだ……大きい……」

奈々子は眼をそむけて恥ずかしげに言ってから、女らしい白い指を根元にからませてきた。

それだけで光一郎は腰をビクンッとさせてしまったが、男があまり敏感なのは格好が悪いので、なんでもないという顔をとりつくろう。

「ああっ、大きいだけじゃなくて硬い……それに熱い……」

奈々子の手指がすりすりと動きだす。それほど手練《てだ》れている感じではないが、少しひんやりしてやわらかな手のひらが心地よく、新たな我慢汁がじわりと噴きこぼれる。

「やだ、あんまり漏らさないで……」

奈々子の上品な薄い唇が、先端の鈴口《すずぐち》に押しつけられた。チュッと吸いたてられると、痺れるような快美感が勃起《ぼっき》の芯を走り抜けていき、光一郎の腰はわなないた。

「ぅんあっ……」

ピンク色の舌が差しだされ、亀頭を舐めまわしはじめる。智世に比べればいささかぎこちない動きだったが、そのぶん初々《ういうい》しい。ペロリ、ペロリ、と舐められるほどに、腰が反っていく。自分の顔が真っ赤に茹《ゆ》であがっていくのが、鏡を見なくてもわかる。

「気持ちいいですか？」

上目遣いで訊ねられ、

「あ、ああ……」

光一郎は声を上ずらせて答えた。初々しい舌の感触もたまらなかったが、奈々子ほどの美女を足下に座らせ、仁王立ちフェラを受けている興奮がそれに勝《まさ》った。上目遣いで見つめられると、あまりの興奮に首にくっきりと筋を浮かべなければならなかった。

「ぅんあっ……」

上目遣いのまま、奈々子は唇を割りひろげた。亀頭をずっぽりと咥えこみ、唇をスライドさせはじめた。動きはスローだったが、そのぶん口内粘膜がねっとりと吸いついてくるようで、おまけに舌もよく動いている。

「うまいじゃないか……」

光一郎は思わず言ってしまった。しかし、奈々子のようなタイプに、よけいなひと言は禁物だったようだ。瞳に強い光が灯った。経験の豊かさを咎《とが》められたと感じ、怒ったのかもしれない。

だが……。

それは光一郎の勘違いだった。

奈々子が瞳を輝かせたのは、もっとうまくできるという意味だったのだ。正座から片膝立ちになり、男根を深々と咥えこんできた。こんなものじゃないわよ、本気を出したらもっとすごいのよ、と清楚な美貌に書いてある。

「ぅんんっ……ぅんぐぐっ……」

にわかに唇をスライドさせるピッチをあげると、口内で分泌した大量の唾液ごと、じゅるっ、じゅるるっ、と音をたてて男根を吸いたててきた。

(吸ってる……音をたてて吸ってるじゃないか……)

そんなことを思ったのも束《つか》の間《ま》、光一郎は男根に襲いかかってくる快感の嵐に翻弄《ほんろう》された。音もいやらしかったが、吸引力が痛烈だった。双頰《そうきょう》をべっこりへこませた顔もいやらしく、唇を粘りつかせて吸ってくる。

「むむっ……むむむっ……」

光一郎は喜悦に煽《あお》られて、全身をピーンと突っ張らせた。腰がくねり、両膝が震えだした。じゅるっ、じゅるるっ、と音をたてて男根を吸われるほどに、体温が一度ずつあがっていくような錯覚が訪れ、激しい眩暈《めまい》が襲いかかってきた。

「ちょ、ちょっと……」

たまらず声をかけた。

「き、気持ちよすぎて立っていられないよ。横になってもいいかい?」

「ぅんぐっ……」

奈々子は男根を咥えこんだままうなずいた。光一郎は喜悦に体をくねらせながら、ブリーフを脱ぎ去った。そのまま尻餅《しりもち》をつくようにベッドに腰をおろし、あお向けに横たわった。

しかし、奈々子の「本気」はそこからが本番だった。

あお向けに横たわっている光一郎の両脚を、女のようなM字に割りひろげた。

「おい、なにをっ……」

光一郎は焦ったが、奈々子はおかまいなしに男根をしゃぶりあげてくる。口唇《こうしん》から抜き去ると、唾液でヌルヌルになった肉竿を手指でしごきながら、頬ずりまでしてきた。

「もっと……もっと気持ちよくさせてあげますからね……」

潤んだ瞳でささやくと、大きく舌を伸ばして裏筋を舐めてきた。ツツーッ、ツツーッ、と舌を這わせては根元をしごき、やがてその舌が玉袋にまで伸びてきた。睾丸《こうがん》を片方ずつ口に含んで、痛烈に吸いたててきた。

「おおうっ！」

光一郎は衝撃にのけぞってしまった。男の急所である睾丸を吸われる愛撫など、いままで経験がなかった。痛くはなかったが、頭の中が真っ白になった。まるで魂を吸われているかのような、驚くべき衝撃が襲いかかってきた。

5

（まずい……このままじゃまずいぞ……）

光一郎は女のようなM字開脚に押さえこまれながら、悶絶《もんぜつ》の極みに立たされていた。

睾丸を吸いたてるという恐るべき愛撫を披露した奈々子は、その後はアヌスにまで舌を這わせてきた。すぼまりの細い皺《しわ》を一本一本伸ばすように舐めてきた。いささかくすぐったかったけれど、なにしろ舐めているのが清楚な美女なので興奮は高まっていく。男の尻の穴まで舐めてくれる彼女の愛情深さに、溺れてしまいそうになる。

ただ、睾丸にしろアヌスにしろ、その部分を刺激されただけで射精に至るような快感が得られるわけではなかった。奈々子もそのことは理解しているようで、睾丸を吸いたてながら肉竿をしごいてきた。アヌスに舌を這わせながら、カリのくびれを指でこすってきた。

そして再び男根を口に含まれると、すさまじい快感が怒濤《どとう》の勢いで押し寄せてきた。体中の震えはとまらなくなり、息をつめすぎたせいで火が出そうなほど顔が熱くなっていく。

（たまらん……たまらないよ……）

このままでは一方的に射精に導かれてしまいそうだった。

そろそろ結合してもいいようなタイミングなのに、奈々子はディープなフェラチオをやめようとはしない。

もしかすると、先ほど潮まで吹かされたことを根にもっているのかもしれなかった。プライドの高い彼女のことだから、お返しに口内射精に導くことで、溜《りゅう》飲《いん》をさげようという魂胆なのだろうか。

しかし、それに付き合うわけにはいかなかった。まだ結合もしていないのに、口唇だけで射精に導かれてしまっては、男の沽券《こけん》に関わる。これからも彼女との付き合いは続く。結婚するなら墓場まで一緒なのに、いきなり尻に敷かれてしまうのはいただけない。

「な、なあ……」

光一郎は気力を振り絞って声をかけた。

「せっかくだから、俺にもさせてくれよ。一緒にしようじゃないか」

なにが「せっかく」なのか自分でもよくわからなかったが、上体を起こして奈々子の下半身にむしゃぶりついた。奈々子も光一郎の下半身にしがみついて離れない。

体勢は自然と横向きのシックスナインになった。

光一郎の両脚はM字にひろげられていたが、奈々子の両脚も同じ格好にひろげてやる。黒いガーターベルトとガーターストッキングに胸をざわつかせながら、股ぐらに鼻面《はなづら》を突っこんでいく。

先ほど潮吹きまでさせたせいだろう、アーモンドピンクの花びらはぱっくりと口を開いて蝶々のような形になり、薄桃色の粘膜をあられもなく露出させていた。その部分を舐めあげていく。舌腹のざらつきを使って、ぴちぴちした粘膜をしたたかに刺激する。

「ぅんぐうっ！」

奈々子が男根を咥えこみながら、眼を白黒させた。横向きのシックスナインのいいところは、股間を舐めながら女の舐め顔を見ることができる点だ。

（たまらないみたいじゃないか……）

ねろねろと薄桃色の粘膜を舐めたてながら奈々子の様子をうかがうと、清楚な美貌がみるみる生々しいピンク色に染まっていった。潮吹き直後の粘膜だ。よほど敏感になっているらしい。ヌプヌプと肉穴に舌先を差しこむと、耳や首筋、胸元まで真っ赤に染めて、発情の汗をどっとかいた。

「ぅんぐっ……ぐぐっ……」

奈々子が鼻奥で悶えながら男根をしゃぶり、

「むううっ……むううっ……」

光一郎は鼻息を荒らげて舌を躍らせていく。かなりの濡れ具合だったが、指を突っこんでGスポットを責める気にはなれなかった。

舐めることが快感だったからである。

痛烈な快感で潮吹きに追いこむより、ただ舐めていたかった。いや、舐めて舐められていたかった。こちらがねろねろと粘膜に舌を這わせれば、奈々子もねっとりと唇を動かして男根を吸ってくる。まるで寄せては返す波のように、お互いの間を快楽の波動が行き来する。セックスにおけるピストン運動とはまた違う、双方向愛撫の虜《とりこ》になってしまう。

「ぅんあっ……んんんっ……」

奈々子の舌が尻の穴を這ってくれば、光一郎も彼女のアヌスを舐めてやった。奈々子のような清楚な美女と尻の穴を舐めあう満足感は、筆舌《ひつぜつ》に尽くしがたいものがあった。彼女とふたり、どこまでも行きたかった。

お互い汗びっしょりになるまでシックスナインに没頭し、シーツを濡らした。奈々子が潮を吹いて濡らした部分が、気にならなくなるほどだった。

いつまでもこうしていたかった。

しかし、なにごとにも限度があるということを、セックスの経験が浅い光一郎はわかっていなかった。

盛りあがったところでさっさと結合に移ってしまえばよかったのに、もっと舐めたい、もっと舐められたいという欲望に従っているうちに、引き返せないところまで来てしまった。

「ぅんぐっ……ぅんぐっ……」

奈々子が男根をしたたかにしゃぶりあげはじめると、射精の前兆がこみあげてきた。勃起の芯が熱く疼《うず》き、腰の裏がざわめいた。

お返しとばかりにクリトリスを舐め転がしてやれば、あるいは奈々子のバキュームフェラも威力が半減したかもしれない。しかし、一度タイミングを逃すと、防戦一方になってしまった。極薄のナイロンに包まれた太腿を両手でモミモミするのが精いっぱいで、口は愛撫を忘れてだらしない悶え声をもらすばかりになってしまう。

「おおおおっ……おおおおっ……」

光一郎が全身を喜悦に痙攣《けいれん》させせはじめた瞬間だった。

「ねえ……」

奈々子が口唇から男根を抜いてささやいた。

「わたし……わたし、もう欲しいです……これが……この太くて硬いものが、欲しくて我慢できなくなっちゃいました……」

清楚な美貌は欲情に蕩《とろ》けきり、声はどこまでも甘かった。これほど可愛げがある彼女の顔を拝んだのは初めてだったが、奈々子はささやきながら右手で男根をしごいていた。挿入を求める気持ちがそうさせたのだろう、いままでより何倍も痛烈な力で、絞りあげるようにしごいてきた。

その刺激が、光一郎にトドメを刺した。

「おおおっ……おおおおうううう──っ！」

雄叫《おたけ》びをあげるのと同時に、煮えたぎる欲望のエキスが噴射した。ドピュッという音さえ聞こえそうな勢いで放出された白濁液が、怒濤《どとう》の勢いで清楚な美貌に飛びかかっていった。

「いっ、いやあっ！」

奈々子はあわてて顔をそむけたが、もう遅かった。横顔を向ければ頬に、さらに首をひねればシルクの輝きをもつ長い黒髪に、白濁液は着弾した。湯気さえたてそうな熱い粘液が、ねっちょりと糸を引いた。

「ううう っ……ご、ごめんっ……」

光一郎は射精の発作に全身をビクビクさせながら、ようやくそれだけを口にした。こんなときに限って、射精はなかなか終わってくれなかった。奈々子が手を離しても、ドクンッ、ドクンッ、と男根は跳ねあがり、しつこく白濁液を漏らしつづけた。

「……ひどいです」

　奈々子が声を震わせる。眼尻も眉尻も限界までさげて、いまにも泣きだしそうな顔をしている。

「出すなら出すって言ってくださいよぉ。そうすれば、お口で受けとめることができたのに……」

「いや、本当にそうだ。本当にごめん」

「髪にまでこんなについちゃって、これ、すぐに洗わないとまずいですよね？　匂いとかついちゃいそう」

「そ、そうだな……」

　光一郎はうなずいた。

「風呂場は一階なんだ。立てるかい？」

「大丈夫です」

　奈々子はよろめきながら立ちあがったが、

「あっ……」

　と再び泣きそうな顔になった。

「シャンプーとか洗面道具、探さないと……やだ、どこの段ボールに入れたかわからない……もうどうしよう！」

「わかった。とりあえず、キミは風呂に行って髪を流すんだ。俺が探して、持っていくから」

奈々子は一瞬躊躇《ちゅうちょ》したが、顔や髪にかかった粘液がよほど不快だったのだろう。

「……お願いします」

恨みがましい顔で言い残して、階段を降りていった。

（まいったな、しかし……）

光一郎は射精の余韻に浸ることもできないまま、部屋の段ボールを片っ端から開梱《かいこん》していった。奈々子にシャンプーや洗面道具、バスタオルなどを届けたが、風呂から出ても気まずい雰囲気が払拭《ふっしょく》されることはなかった。

当然というにはあまりに哀しい結末だが、結局、その夜はメイクラブを再開することができなかった。潮と汗で濡れたシーツにふたりで身を横たえ、お互いに明け方までまんじりともせずにいた。

第四章　着物の誘惑

1

「どうだった？　奈々子ちゃんと無事仲直りできた？」

休み明けの二日後、智世は店に出てくるなり、光一郎に耳打ちしてきた。口元に意味ありげな笑みを浮かべているのは、「仲直り」が意味するところが「セックス」だからだろう。

「ままならないものですよ、人生は。ハハハッ……」

乾いた笑いで答えを誤魔化《ごまか》す光一郎の眼の下には、くっきりと睡眠不足の隈《くま》ができていた。朝まで奈々子の体をむさぼり、恍惚を分かちあっていたから、ではもちろんない。

昨日の休日は、奈々子とほとんど口をきいていなかった。彼女は一日中、二階に運びこんだ荷物の整理に没頭していたので、光一郎はパチンコでもして時間を潰すしかなかった。夕方に戻ってもまだ片づけが続いており、夕食の誘いも断られ、今度は飲み屋に行って無為に酒を呑まなければならなかった。

そして再び帰宅すると、二階は女らしい部屋にすっかり様変わりしていて、奈々子はベッドで眠っていた。すうすうと寝息をたてている顔が美しかった。光一郎も一緒の布団にもぐりこんで眠ろうとしたが、緊張してなかなか寝つけず、ついには二日連続でまんじりともせずに明け方を迎え、結局そのまま一睡もせずに蕎麦を打ちはじめたのだった。

ただし、睡眠不足で疲れきっているというのは、それほど悪い状況ではない。よけいなことを考えず、仕事に集中できる。

よけいなこととはつまり、アクシデントとはいえ顔面射精などしてしまっていた。奈々子は怒っているだろうか、ということであるが、怒っているに決まっていた。怒っていないなら、二階の整理もふたりで仲良くやっただろうし、夕食だってどこかに一緒に食べにいったに違いない。

まったく、これから先のことを考えると頭が痛かったが、いまはもうなにも考えたくなかった。考えれば考えるほど深い自己嫌悪に陥《おちい》り、勤労意欲が失せていくだけだからである。

ところが……。

運命とはかくも過酷なものなのかという事態が、営業開始寸前の〈月光庵〉に訪れた。

「ごめんください」

格子戸が開けられ、紺色の着物に身を包んだ女が店に入ってきた。年のころ二十三、四。おかっぱ頭がよく似合う、市松《いちまつ》人形のように可愛い女だった。

「あっ、キミは……」

光一郎は彼女の容姿に見覚えがあった。といっても、直接面識があったわけではない。

出会い系サイトで知りあった女だった。

名前は堀園《ほりぞの》舞衣《まい》。正確な年齢は二十五歳。

メールを交換するレベルでは、かなり親密な関係になったほうだろう。光一郎は真剣に結婚を考えていることを伝えたし、彼女もそうであると言っていた。結婚した際には、夫婦で蕎麦屋をふたりで切り盛りしていきたいという夢も語ったし、舞衣もそれには賛同してくれていた。彼女自身、飲食の自営業者に並々ならぬ思い入れがあるようで、「一度、光一郎さんのお店を見てみたい」と何度もメールに書いてきた。

だがもちろん、その一方では奈々子と同様の話が進んでいた。いよいよ直接会って話を煮詰めなければならないという段になって、光一郎は選択を迫られた。正直、どちらの女にも惹かれていたから、どちらにも会ってから結論を出す、というやり方もあったかもしれない。しかし、そういうやり方は男らしくない気もしたし、よけいに迷いそうでもあった。

その結果、光一郎は奈々子を選んだ。

最後は直感だった。

どういう理由で奈々子のほうを選んだのか、うまく説明できる自信はなかったけれど、舞衣に長いメールを送った。誠意を尽くして、別の女と付き合うことにした旨《むね》を伝えた。

「あのう、どうしてここに……」

光一郎は舞衣に小さく声をかけた。

「偶然、じゃないよね？」

「はい」

舞衣はきっぱりとうなずいた。

「わたし、どうしても納得がいかなくて。どうしてわたしがフラれたのか、いくら考えてもわからないんです……」

ツンと澄ました顔で、智世と奈々子を交互に見た。可愛い顔をしていても、気が強い性格らしい。眼つきが妙に挑戦的だ。

「光一郎さんがお付き合いすることにしたのって、どちらの方ですか？」

「いや、その……」

光一郎は困惑顔で首をかしげたが、

「わたしです」

奈々子が小さく手をあげた。彼女にもメールのやりとりで最後まで迷っていた相手がいたことは話してあったので、舞衣がそうであると瞬時に理解したようだった。

「紺野奈々子と申します。結婚を前提に、光一郎さんとお付き合いさせていただいてます」

「ふうん」

舞衣はつかつかと奈々子に近づいていった。奈々子は身長百六十五センチで、踵《かかと》の高いパンプスを履《は》いている。一方の舞衣は百五十センチほどしかなく、草《ぞう》履《り》履《ば》きなので背丈にかなりの差があった。にもかかわらず、ひどく居丈高《いたけだか》な、値踏みするような眼つきで奈々子を見ると、ふっと鼻で笑った。

「がっかりだなあ、光一郎さん。どんな相手を選んだのかと思えば、顔だけの女ですか……あんまり失望させないでください」

「なんですって？」

奈々子は眼を吊りあげたが、舞衣は涼しい顔でそれを無視し、光一郎に向かって言葉を継いだ。

「たしかに美人かもしれませんけど、女を顔で選んで得した男なんていませんよ。美人っていうのは生まれたときから万能だから、女を磨くチャンスがないんです。男だってそうでしょ？　金持ちのボンボンでイケメンだったら、ロクな男に育たないでしょ？」

「それは……誤解というか偏見なんじゃないかなあ……ボンボンのイケメンにだって、いいやつはいるような気が……」

光一郎がボソボソと言うと、舞衣と奈々子に同時に睨《にら》まれた。たしかに、腰砕けな意見だった。

「とにかく」

舞衣がきっぱりと言い放った。

「わたし、このままじゃ納得いきませんから。メールのやりとりだけじゃなくて、この人とわたし、どっちの女が自分の人生を豊かにしてくれるか、直接比べてみてください。お店を手伝わせてもらえば、すぐに答えは出るはずです」

「それはいい考えね」

奈々子もまた、清楚な美貌に似合わず気の強い女だった。

「ね、光一郎さん、この人にもお店手伝ってもらえばいいですよ。わたしだって、ここまで侮辱《ぶじょく》されたら引きさがれません」

「いや、その……まいったなあ……」

泣き笑いのような顔をしている光一郎をよそに、奈々子と舞衣は火花が散るような激しさで睨みあっている。その横で、智世だけがひとり、やれやれと溜息まじりに首を振っていた。

2

舞衣はできる女だった。

メールのやりとりをしているとき、高校時代から飲食業のアルバイトをしてきたから接客業には自信があると書いてきたくらいなので、まったくなにもできないということはないと思ったが、想像以上だった。

「いらしゃいませ」

最初のお客さんを鈴を鳴らすような声で迎えた瞬間から、ホールは舞衣のステージとなった。智世は一歩引いている感じでお茶を淹《い》れることに徹していたから、舞衣は水を得た魚のようにホールを動きまわり、注文を受けるのも、蕎麦を出すのも滞《とどこお》りがなかった。

着物を着ていたことも大きい。〈月光庵〉の内装はそれほど凝ったものではないが、蕎麦屋なのでやはり和風の雰囲気だ。そこに、紺色の着物を凜《りん》と着こなした市松人形のような舞衣はすこぶる映《は》えた。彼女がいることで、店のグレードがあがったようにさえ思えた。

そうなると、立場がないのは奈々子だった。接客業の経験がない彼女は、客を迎えるのも、蕎麦ができるタイミングを計るのも、ワンテンポ遅れる。すべて舞衣に先を越されてしまう。おまけに舞衣と違って、セーターにロングスカートにエプロンだから、まるで舞衣がこの店の若女将《わかおかみ》で、奈々子はアルバイトのように見える。

自分でもそれがわかっているのだろう。

一日が終わるころには口もきけないくらいがっくりと落ちこんでしまい、

「お疲れさまでした」

と舞衣に勝ち誇った笑みを浴びせられても、ただうつむくばかりになってしまった。

「あのう……」

光一郎は厨房を出てホールの三人に言った。

「せっかくだから、これからみんなで夕食を食べにいかないか。もちろん、俺がご馳走するから」

とにかくこのままではまずいと思った。いくら舞衣ができる女とはいえ、自分は奈々子を選んだのだ。押しかけてきた舞衣に仕事を奪われてしまっては奈々子が可哀相だし、店に慣れる気持ちも削《そ》がれてしまうだろう。舞衣には申し訳ないが、お引き取り願ったほうがいい。そしてそれを伝えるなら、裏でコソコソしないで、みんなの前でオープンにやったほうがいい。

「ごめん」

智世が苦笑まじりに声をあげた。

「付き合いたいのは山々だけど、今夜は遠慮しとく。ダンナが早く帰ってくるみたいなのよ」

嘘つけ！　と光一郎は胸底で突っこんだ。仕事人間の元上司が今夜に限って早く帰ってくるはずがないし、万が一そうであったとしても、自分が呑みにいきたかったら呑みにいくのがいつもの智世なのである。要するに、よけいなトラブルに巻きこまれたくないというわけだ。フォローを期待していたのに、あんがい冷たいところがある。

「わたしも……」

奈々子が小声で言った。

「なんだか食欲がないし……遠慮しておきます……」

「いや、そんなこと言わないでさ……」

光一郎は弱りきった顔でふたりを引きこもうとしたが、

「じゃあ、わたしが光一郎さんを独占していいんですね」

舞衣は悪びれもせず、はじけるような笑顔を浮かべて光一郎の腕にしがみついてきた。

「嬉しいなあ。わたし、好き嫌いがないですから、どこにでも連れていってください。できればお酒が呑めるところのほうがいいですけど」

「いや、その……ちょっと待って……」

腕に思いきりしがみつかれた光一郎は顔を真っ赤にしたが、智世も奈々子もふたりから眼をそむけ、そそくさと店の片づけを再開した。


光一郎は結局、舞衣とふたりで呑みにいくことになった。

最悪だった。

智世はともかく、奈々子の動向が心配だったが、見方を変えてみれば、これでよかったのかもしれない。

光一郎が男らしく、きっぱりと舞衣が店に来ることを断ればいいだけの話なのである。その結果を報告すれば、奈々子の機嫌も直ってくれるだろう。仕事のできる舞衣を退《しりぞ》け、迷うことなく奈々子を選んだということになれば、彼女のプライドも保たれるはずだ。

近所にも居酒屋はいくつもあったが、わざわざ駅前まで足を運んだ。

理由はふたつある。

ひとつは、駅が近ければ帰宅をうながすのが簡単そうなこと。そして、駅前には個室居酒屋があるからだった。個室ならまわりを気にせず、じっくりと話ができる。

四人掛けの席に、差し向かいで腰をおろした。薄暗い照明の中、着物姿の舞衣を正面から見ると、息を呑んでしまった。可愛いだけではなく、可愛さの中に女らしい色香が滲んでいる。若く見えるが、彼女にしても二十五歳。女として熟しはじめているのだろう。

「わたし、お酒にしようかな」

とりあえずビールを注文した光一郎に対し、舞衣は最初から燗酒《かんざけ》を頼んだ。ひと口呑んだだけで、小さな顔をほのかなピンク色に染めた。女らしい色香が、ますます濃くなってくる。

だが、そんなことを考えている場合ではなかった。これはデートでもなければ、お見合いの席でもないのだ。

「えぇーっと……」

話を切りだそうとすると、

「あのう……」

舞衣と声が被さった。

「どうぞ」

反射的に先を譲ると、

「単刀直入にうかがいますけど……」

舞衣は背筋を伸ばして訊ねてきた。

「奈々子さんとはもう寝たんですか？」

「えっ……」

光一郎は棒を呑みこんだような顔になった。

「ふふっ、遠慮しないではっきり言ってもらって大丈夫ですよ。わたしは当然もう寝ていると思ってますし。健康な男女ならそんなの当たり前だと思うし」

「いや、まあ……」

光一郎は苦りきった顔になった。「寝た」という行為がセックスを指し、セックスが挿入を指すのであれば、はっきり言って寝ていないからだ。

「どうしてそんな質問をするんだい？」

返事を濁すと、

「お店の手伝いと一緒ですよ」

舞衣はピンク色に染まった顔に、余裕の笑顔を浮かべた。

「接客の実力についてはわたしの圧勝であることがわかっていただけたと思いますけど、抱き心地についてもですね、比べてもらえば話が早いかと……」

「おいおい……」

あまりに大胆な発言に、光一郎は力なく首を振った。なんだか頭がおかしくなりそうだった。光一郎は決してモテるタイプではない。なのにどうして、こうして次から次へとベッドインを望む女が押し寄せてくるのか。話には聞いていたが、これがモテ期《き》というやつなのだろうか。

「こっちも単刀直入に訊いてもいいかな？」

「どうぞ」

「あなた、それだけ可愛かったらモテるだろう？　仕事だってできるから、どんな店に勤めたって大事にされるはずだ。なにも俺みたいな男と結婚しなくても……どうして俺なんかと結婚したいわけ？」

「それは……」

舞衣は息を呑み、眼を泳がせた。

「正直に言っても怒りませんか？」

「ああ」

「わたし、親に結婚させられそうなんです。実家が農家で、うちは三人姉妹だから、農家の跡継ぎに」

「なるほど……それから逃れるために……」

「逃れるだけじゃなくて、わたしの夢は子供のころから食べ物屋さんをやることだったんです。でも、お店なんてそう簡単にもてないじゃないですか？　調理師の免許があるわけじゃないし、開業資金だってありません。だからわたしみたいな女にとっては、結婚は唯一にして最大のチャンスなんです」

「いや、でも……」

光一郎は首をかしげた。

「言いたいことはわかるけど、あなたなら引く手あまたっていうか、他にもいい話がいっぱいあるだろう？」

「やだな、どうしてそんなに自信がないんですか？」

舞衣は笑った。曇りのない笑顔だった。

「出会い系サイトで、お店をやってる相手を必死になって探しました。いちばん気が合ったのが光一郎さんです。わたしだってこんなストーカーみたいな真似《まね》したくなかったですけど、どうしても諦《あきら》めきれなかったんです」

そう言われると悪い気はしなかったが、光一郎は素直には喜べなかった。舞衣の笑顔の裏に、本音《ほんね》が透けて見えたからだ。

おそらく舞衣には、光一郎が都合のいい男に思えているのだ。店をもっていることだけではなく、他の男よりコントロールしやすそうだと判断したのだ。

べつに腹はたたなかった。

それを言いだしたら、奈々子にもそういうところが見受けられるからである。

なるほど、これはモテるかもしれない、と思った。

とどのつまり、結婚を真剣に考えている女たちにとって、光一郎は「尻に敷けそうな男」なのである。「なんでも言いなりになってくれそうな男」なのである。

モテ期到来と喜ぶどころか、あまりの情けなさに目頭《めがしら》が熱くなってくる。

3

光一郎もビールから熱燗《あつかん》に変えた。

一杯目で顔をピンク色に染めたくせに、舞衣はけっこういける口らしく、お銚子《ちょうし》が二本、三本と次々に空いていく。

「ねえ、光一郎さん。わたしと結婚してくださいよ。結婚したら、お得なこといっぱいありますよ。仕事だけじゃなくて家事も得意だし、実家から四季折々の農作物が送られてくるし、ご両親とか親戚の人とかに気に入られる自信だってものすごくあるし、なんてったって七つも年下のこんな可愛い奥さんを連れてたら、みんなに自慢できるじゃないですか」

悪戯《いたずら》っぽく笑いながら自分を指さす舞衣は、茶目っ気があって本当に可愛かった。アピール過剰なところもあるけれど、それをぎりぎりのところで嫌味にしない愛嬌ももちあわせている。

（いかん、いかん……可愛く見えちゃいけないんだよ……）

光一郎は胸底でつぶやいた。

酔ってきたのかもしれない。舞衣と所帯を構え、〈月光庵〉を切り盛りする未来が、なんだか楽しげに思えてならない。どうせ奈々子と結婚しても尻に敷かれることは確実だった。ならば舞衣の打算も、許してやってしかるべきではないだろうか。

だが……。

舞衣と結婚するということは、奈々子を諦めるということである。

メールのやりとりの段階では、たしかに迷った。ふたりとも、同じくらいに魅力的な女に思えた。奈々子を選んだのは単なる直感で、その日の気分によっては、舞衣を選んだ可能性も充分にあった。

しかし、いまはもう違う。

奈々子とはまだ寝ていないが、その直前までいっているのだ。フェラチオをされ、クンニリングスを施し、潮吹きにまで追いこんだ。シックスナインでお互いの性器を長々と舐めあい、淫らな汗をかきあった。アクシデントで暴発し、心ならずも顔面射精を遂げてしまったけれど、それにしたって忘れられない思い出だ。湯気がたちそうな白濁液のかかった清楚な美貌を見た瞬間、申し訳ない気持ちでいっぱいになったが、ドロドロになった彼女の顔にこっそり興奮してしまったのも、また事実だった。

続きがしたかった。

眼をつぶれば、瞼の裏に奈々子の姿が浮かんでくる。装いはもちろん、ガーターベルト付きのセクシーランジェリーだ。薄紫もいやらしかったが、黒いレースはほとんど卑猥だった。顔立ちは清楚なのに、いや、だからこそなのかもしれない。セクシーランジェリーがたまらなくいやらしく映《は》える。洋もののポルノ女優のように、眉根を寄せてあえぐ表情が淫らすぎる。

「大丈夫ですか？　起きてますか？」

ポンポンと太腿を叩かれ、光一郎はハッと眼を開けた。舞衣がいつの間にか隣《となり》の席に移動してきていた。

「ああっ、ごめん……眠ってたわけじゃないんだ、ちょっと考え事を……」

「やだ、もう。まだそんなに呑んでないのに、お話の途中で居眠りされちゃったりしたら、わたし傷ついちゃいますよ」

言いながら太腿をすりすりと撫でられ、光一郎は激しく緊張した。

勃起していたからだ。

奈々子の黒いランジェリー姿を思いだしたせいだったが、舞衣の撫で方がいやらしすぎたので、ますます硬く隆起していく。幸い、ジーパンだったから目立たなかったものの、作務衣のズボンであったなら、もっこりと男のテントを張っているところである。

「それで、どうなんですか？」

舞衣が甘ったるい声でささやく。瞳に妖しい光をたたえて顔を近づけてくる。

「えっ？　な、なにが……」

光一郎は声を上ずらせた。舞衣の吐息が顔にかかったからだ。

「さっきの質問ですよ。奈々子さんと寝たなら、わたしとも寝てください。比べられて負けたら、わたしも潔《いさぎよ》く身を引きますから」

「い、いや……」

そんなわけないじゃないか、と光一郎は胸底で突っこんだ。彼女の場合、一度寝てしまったら最後、地獄の果てまで追いかけてきそうな気がする。

「あ、あのさ……」

こうなったら切り札を使うしかなかった。奈々子とはすでに、〈月光庵〉の二階で同棲《どうせい》を始めていると言ってやればいい。そうすれば、この積極的な二十五歳も、自分の敗北を認めざるを得ないだろう。

「こういう場合、優柔不断になっちゃうとまずいからはっきり言うけど、俺はその……」

キミではなく奈々子と結婚するつもりだ、と言いかけたときだった。

「むむっ！」

光一郎は息を呑み、首に筋を浮かべた。

舞衣の手が、股間をそっと包みこんだからである。

「やだ……」

舞衣は眼の下をねっとりと紅潮《こうちょう》させた。

「野暮《やぼ》な質問、することなかったですね。隣に座っただけでこんなにカチンカチンになってるなんて……嬉しい」

「あっ、いやっ……」

光一郎は焦った。舞衣のせいで勃起したわけではなかったが、すりっ、すりっ、と撫でまわされるほどに、男根はズキズキと熱い脈動を刻みはじめてしまう。

「言い忘れましたけど……」

舞衣の甘い吐息が顔にかかった。

「わたし本当は、仕事より家事より、エッチに自信があるんです。好きな男の人のためなら、いっぱいいっぱい尽くしてあげちゃう」

言いながら、ベルトをはずしてきた。

「お、おい……」

いったいなにを考えているのだ、と光一郎は啞然とした。個室居酒屋といっても、離れの建物というわけではない。扉の向こうは廊下で、足音がひっきりなしに行き交っているし、「生ビールひとつ！」とか「串盛り入りました！」と従業員がオーダーを通す声だって聞こえてきているのである。

だが、舞衣はかまわずジーパンのボタンをはずして、ファスナーをさげた。勃起しきった男根を取りだして、握りしめてしまった。

「ああんっ、すごい立派……」

甘くささやきながら、男根と光一郎の顔を交互に眺める。

「ねえ、どうします？　舐めろって言われれば、わたし舐めますよ。出したら、ごっくんって飲んであげますよ」

「いっ、いやっ……」

光一郎はひきつった顔を左右に振った。可愛い顔をして、どこまで大胆な女なのだろう。唖然とするあまり金縛りに遭ったように動けない自分も情けなかったが、それにしてもやり方が強引すぎる。

「ねえ、どうなんですか？　舐めてほしいんでしょ？」

舞衣は綺麗なピンク色の舌を差しだし、挑発するようにチロチロと動かす。顔を男根に近づけてくる。

「ううっ……やめろっ……俺は舐めてほしくなんかっ……むむむっ！」

光一郎は息を呑んでのけぞった。ピンク色の舌が、亀頭をねっとりと舐めあげたからだ。

「言ってないじゃないか！　俺は舐めてなんて言ってないぞ……」

怒りに声を震わせたが、亀頭に訪れた生温かい刺激のせいで、いまにも泣きだしそうな顔をしていたから、締まらない。

「心の声が聞こえました」

舞衣は悪戯《いたずら》っぽく微笑むと、にわかに眼つきを淫らにして、舌を使いはじめた。ペロリ、ペロリ、と先端から舐めまわし、亀頭を唾液でコーティングしていく。小さくてよく動く舌でカリのくびれをチロチロと刺激しながら、根元を指でしごいてくる。

「むううっ……むううっ……」

光一郎は真っ赤になった首に何本も筋を浮かべた。舞衣の舌使いはごくソフトだったけれど、なにしろ場所が場所である。「チューハイ三丁お願いします！」「刺身五点盛り入りました！」などという従業員の野太い声が聞こえている中では、ソフトな舌奉仕でも怖いくらいに感じてしまう。

しかも、みずから床上手《とこじょうず》をアピールするだけあって、舞衣の舌使いはじわじわと熱を帯びていった。

唇を尖らせて鈴口に押しつけ、あふれた我慢汁をチュッと吸った。それを口の中で味わっている表情を、得意になって見せつけてきた。そうかと思うと、亀頭をずっぽりと口唇《こうしん》に咥えこんだ。可愛い顔に似合わないねっとりしたやり方で、亀頭を丁寧に舐めしゃぶってきた。

4

三十分後。

ふたりはラブホテルの部屋にいた。

部屋に入ると、舞衣はいきなり抱きついてきた。

「ごめんなさい。わたし、お酒を呑むと淫乱になるみたいで……」

「いや……」

光一郎はこわばった顔で首を振りつつ、舞衣を抱きしめた。

なるほど、たしかにそういうところがあるのかもしれない。

居酒屋の個室で、舞衣はたっぷり二十分以上フェラチオを続けた。情熱的かつ技巧的な舌奉仕に、光一郎は翻弄《ほんろう》された。射精にまで導かれてしまうと思ったことは一度や二度ではなかったが、そのたびに舞衣は刺激を和《やわ》らげてきた。

焦らされている、と気づいたときにはもう遅かった。

光一郎は射精がしたくてたまらなくなり、それ以外のことはなにも考えられなくなって、気がつくと舞衣の手を取って店を出ていた。個室居酒屋を求めて駅前まで出てきたおかげで、ラブホテルを探すのは造作もなかった。繋いだままの舞衣の手を引き、電飾が淫靡《いんび》に輝く門をくぐった。

ジーパンの下ではイチモツが硬く勃起したままだった。頭の中は射精への欲望だけに支配されていた。部屋を決め、エレベータに乗りこむと、舞衣の術中に嵌《は》まった悔しさも、彼女を抱くことで失ってしまう奈々子との未来も、どうでもよくなっていた。

「キミの思いどおりになったな?」

光一郎が自棄《やけ》気味にささやくと、舞衣は笑った。瞳を妖しく潤ませた、淫蕩《いんとう》な笑顔だった。

「……うんんっ!」

唇が重なった。お互いにすぐに口を開き、ネチャネチャと品のない音をたてて舌をからめあった。可愛い顔をしているくせに、舞衣はそういうキスの仕方がよく似合った。みずから積極的に舌を差しだしながら、手指を光一郎の股間に伸ばしてきた。ジーパンの上から勃起しきったイチモツを撫でさすり、挑発してくることを忘れなかった。

そのくせ、我慢できなくなった光一郎が舞衣をベッドに押し倒し、着物の裾《すそ》をめくりあげると、

「あああっ……」

赤く染まった顔を両手で隠す羞じらい深い所作《しょさ》を見せた。光一郎はドキドキしながら、舞衣の草履を脱がした。羞じらい深いところもたまらなかったが、和服の女とベッドインというのも初めてだった。

正直言って、一瞬どうしていいかわからなくなった。もちろん、帯をほどいてしまいたい衝動もあるにはあったが、着せたまま愛撫をするのも興奮しそうだった。白い足袋《たび》とチラリと見えているふくらはぎが、洋装の女にはあり得ない情感たっぷりな色香を漂わせている。

じわじわと裾をめくっていく。ふくらはぎから膝《ひざ》、太腿《ふともも》が露出していくに従って、日本の民族衣装というものは、なんていやらしいのだろうと思わざるを得なかった。白檀《びゃくだん》の香りがする幾重《いくえ》にも重なった布の下から現れた素肌は白く、太腿にはむっちりと量感がある。二十五歳の若々しい肉感に、視線を釘づけにされ

てしまう。

さらにめくると、黒い草むらが見えた。いや、草むらと呼ぶにはいささか心許《こころもと》ない生《は》えっぷりの、ほんのふたつまみほどの纖毛《せんもう》が、頼りない感じでチョロチョロと茂っていた。必然的に、こんもりと盛りあがったヴィーナスの丘がよく見え、わずかに脚を開くだけで恥部までのぞきこめそうだった。

「あああっ、恥ずかしいっ……」

羞じらう舞衣の両膝をつかみ、左右に割りひろげていく。纖毛に覆われていない、アーモンドピンクの花びらが露《あらわ》になる。ぽってりと肉厚な感じが、唇によく似ていた。見るからに弾力がありそうで、咥えこんだら離しそうもない女の花だった。

「むううっ……」

唇を押しつけると、まるでキスをしているような錯覚に陥《おちい》った。しかし、そこはやはり、女の恥部だった。唇にはない獣じみた匂いが鼻につく。

舌を差しだし、合わせ目を下から上に舐めあげれば、

「ああっ、いやっ……いやいやいやあああっ……」

舞衣は激しく身をよじった。

跳ねあがるおかっぱの黒い髪も、せつなげに眉根を寄せた表情もエロティックだったが、なにより着物姿なのがたまらなくそそる。紺色の着物から白い両脚を出し、それをM字に割りひろげられている舞衣の姿は、ぞくぞくするほど悩ましかった。日本人のDNAに刻みこまれているのか、白い足袋に包まれた足指がなにかをこらえるように内側に曲がる姿を見ていると、身震いするほど興奮してしまう。

「むううっ……むううっ……」

光一郎は鼻息を荒らげて女の花を撫でまわした。弾力に富んだ花びらが左右に口を開き、薄桃色の粘膜をさらけだした姿もいやらしく、夢中になって舌を躍らせずにはいられなかったけれど、そこばかりに神経を集中できなかった。

和服から伸びた二本の白い生脚が、あまりにも魅力的だったからだ。

光一郎は泉のように濡れている割れ目を右手の中指でいじりながら、太腿に頬ずりした。すべすべの肌とむっちりした弾力が、なんとも言えない幸福感を運んでくる。チュッ、チュッと音をたててキスマークをつけ、膝を舐めまわす。両脚の形をM字からL字に変え、ふくらはぎや足袋にまでキスをしたり頬ずりしたりしていく。白い美脚と戯《たわむ》れるほどに、着物の女とまぐわっている実感が生々しくこみあげてくる。

「あああっ……はぁあああっ……」

二本の美脚を愛撫しつつも、右手の中指は割れ目を絶え間なくいじりまわしていたので、舞衣の呼吸は次第に高まっていき、乱れはじめていた。指で浅瀬をヌプヌプと穿《うが》つと、ビクビクと腰が跳ねあがった。

みずから床上手をアピールするだけあって、感度も最高らしい。

（よーし……）

光太郎は中指を奥までずぶずぶと埋めこんだ。濡れた肉ひだをねちっこく攪拌《かくはん》し、中で指を鉤《かぎ》状に折り曲げれば、指腹がざらついた上壁をとらえる。Ｇスポットだ。ここを押しあげながらクリトリスを舐め転がしてやれば、彼女も奈々子のように、よがり泣きながら潮を吹くだろうか。

「くぅううっ……くぅううっ……」

軽く押しあげただけで、舞衣は剝きだしにされた下半身を小刻みに震わせた。いまから襲いかかってくるであろう愛撫に身構えつつ、期待に息を吞んでいる。

だが……。

ねちゃっ、くちゃっ、と卑猥な肉ずれ音をたてて蜜壺の中を搔き混ぜながら、光一郎は躊躇《ちゅうちょ》してしまった。もし、舞衣が奈々子のように大量の潮を吹いた場合、着物を濡らしてしまうと思ったからだ。

光一郎は着物の価値がよくわからなかったが、店で智世が「あの子、ずいぶん上等な着物を着てるわね」と耳打ちしてきた。智世がわざわざそう言うからには、かなり値の張るものだろう。舞衣は大金持ちのお嬢様というわけではないから、大切にしている着物であることは間違いない。それを淫らな潮などで汚してしまうのは、いくらなんでも申し訳なかった。

「なあ……」

愛撫の手をとめ、ささやいた。

「着物、皺《しわ》になっちゃいそうだから、脱いだほうがいいんじゃないか」

「えっ……」

舞衣が欲情に蕩けきった眼を向けてくる。

「やさしいんですね、光一郎さん」

「いや、べつに……」

「たしかにこの着物、一張羅《いっちょうら》なんです。着付け教室に通ってるときに背伸びして買って、最近ようやくローンが払い終わりました。だってわたし、いちばん気に入っている格好で、光一郎さんに会いにきたかったから……」

潤んだ瞳で見つめられ、光一郎の胸は熱くなった。顔に似合わず気が強く、したたかな計算も見え隠れする舞衣だったが、情の深い女なのかもしれない。

「じゃあ、よけいに皺にしちゃまずいじゃないか」

「でも、だからこそ、これを着たまま、光一郎さんに抱かれたいな……」

「いや、しかし……」

光一郎は苦笑するしかなかった。気持ちはわからないでもないが、ローンまで組んで買った着物を、潮吹きで台無しにするのは忍びない。いまは酒も入っているし、欲情によって判断が鈍っているから、朝になってめくちゃくちゃになった着物を見て、後悔する可能性だって高いだろう。

すると舞衣は、

「あっちに行きましょう」

光一郎の手を取って、ベッドをおりた。欲情に蕩けきった顔に悪戯っぽい笑みを浮かべて、バスルームへと向かった。

5

（いったいどういうつもりだ……）

戸惑う光一郎の手を引き、舞衣はバスルームの扉を開けた。彼女の目的は浴室そのものではなく、洗面所だった。大きな鏡の前で洗面台に両手をつき、尻を突きだしてきた。

「着物、めくってください」

「……ああ」

光一郎は啞然としながらうなずいた。要するに、舞衣は立ちバックで結合すれば着物を皺にしたり、汚したりしなくてすむと言いたいらしい。だが、それを部屋の中で行わないところが、みずから床上手をアピールし、酒を呑んだら淫乱になってしまうとまで言った女の面目躍如《めんもくやくじょ》なのだろう。

鏡の前ですれば、着物姿でよがり泣く女の姿を思う存分眺められるというわけだ。いや、着物姿どころか、喜悦に歪んだ表情や、イクときの顔まで、鏡越しに凝視できるのである。

（まったく……どこまで気が利《き》いてるんだ……）

光一郎は唖然としながらも、彼女の大胆な振る舞いを歓迎した。そもそもの発端が、個室居酒屋での淫らな戯れだったことを思えば、クライマックスにはこれくらいのことをしないと収まりがつかないかもしれない。いや、単純にやってみたい。鏡の前の立ちバックで、市松人形のように可愛い舞衣を、ひいひいとよがり泣かせてやりたい。

しゃがみこみ、あらためて着物の裾をめくっていく。白い足袋からふくらはぎに続く脚線美が、M字開脚とは違う角度でそそった。露になった太腿が、たまらなくいやらしかった。立ちあがってさらに上までまくりあげると、突きだされた尻が姿を現し、

(うわあっ……)

光一郎はもう少しで声をもらしてしまいそうになった。

丸々とした形のいい桃尻だった。しかもそれが、着物の下から出てくるとインパクトは倍増だ。前から裾をめくったときも興奮したが、後ろ姿もまた、途轍《とてつ》もなく悩殺的である。

「たまらないよ……」

うっとりと眼を細め、尻を撫でまわした。手のひらに伝わってくる魅惑のカー

ブは、見た目以上に丸かった。しゃがみこみ、触るか触らないかのフェザータッチで、尻からふくらはぎまで撫でていく。

「んんんっ……んんんっ……」

舞衣がくすぐったがる様子がいやらしすぎて、何度も何度もフェザータッチを行き来させてしまう。

（むむっ……）

そうしているうちに、鼻先で淫らな匂いが揺れた。源泉《げんせん》はもちろん、桃割れの奥だ。両手で尻の双丘を鷲《わし》づかみにした。弾力のある尻肉をぐいぐいと揉みしだきながら、桃割れを左右にひろげていく。

「ああっ、いやっ……」

舞衣が羞じらって尻を振る。

まず見えたのは、セピア色のすぼまりだった。さらにぐいぐいと割りひろげていくと、アーモンドピンクの花びらが見えた。唇のように肉厚な花びらがぴったりと口を閉じ、涎《よだれ》じみた蜜で一本筋を濡れ光らせている。

光一郎は親指と人差し指を花びらの両サイドにあてがい、輪ゴムをひろげるように女の割れ目をくつろげた。つやつやと薄桃色に輝く粘膜が姿を現すと、舌を伸ばして舐めあげた。ねろねろと舌をうごめかせ、泉のように濡れている花園をねちっこく刺激していく。

「んんっ……くぅうううーっ！」

舞衣はくぐもった声をもらして身悶えている。むっちりと肉づきのいい太腿を、ぶるぶると震わせる。膝を折ったり伸ばしたり、白足袋で足踏みする様子がいやらしい。

（たまらないみたいじゃないか……）

光一郎はぴちゃぴちゃと音をたてて薄桃色の粘膜を舐めまわしたが、たまらないのはこちらも一緒だった。舐めれば舐めるほど濡れてくるこの魅惑の花園に、男根を埋めこみたかった。着物から下半身だけを剝きだしにした二十五歳を、後ろから突きまくりたくて、いても立ってもいられなくなってしまった。

立ちあがってジーパンとブリーフをさげた。

男根は天に向かってそそり勃《た》ち、自分のものとは思えない野太さで、パンパンにふくれあがっていた。

それもそのはずだ。

個室居酒屋でフェラをされてから、延々と興奮の坂道をのぼりつづけてきたのである。めくるめく淫らな場面に勃ちっぱなしで、熱い脈動を刻みつづけていたのである。

「いくぞ……」

切っ先を濡れた花園にあてがうと、

「んんんっ……」

舞衣は鏡越しに見つめてきた。彼女の潤んだ視線と、光一郎の燃えあがる視線がぶつかり、からみあった。舞衣の視線はますます潤み、光一郎の視線はますます熱く燃えあがっていく。

「むううっ……」

息をとめ、腰を前に送りだした。唇のように肉厚な花びらを割って、亀頭を中に押しこんでいく。入口から締まりがキツかった。だが、よく濡れているので意外とすんなり入っていける。肉ひだがざわめきながら吸いついてくる。まるで奥へ奥へと導くようにからみついてくる。

「むううっ！」

ずんっ、と最奥まで突きあげると、

「あああああーっ！」

舞衣は喜悦に声を震わせて身をよじった。しかし、そうしつつも眼を閉じない。鏡越しに視線を合わせたまま、挿入の衝撃を受けとめている。

光一郎は興奮した。

すかさず腰を動かし、勃起しきった男根でよく濡れた蜜壺を攪拌した。ずちゅっ、ぐちゅっ、と淫らがましい音がたつと、

「ああっ、いやっ……」

舞衣は羞じらって尻を振りつつも、決して眼を閉じなかった。潤んだ眼をぎりぎりまで細めて、自分と繋がっている男の顔を見つめてくる。

「むううっ……むううっ……」

光一郎は鼻息を荒らげてストロークのピッチをあげた。見つめあいながらするセックスが、これほどまでに興奮するとは思わなかった。

もちろん、和装ということも大きいが、とにかく舞衣の表情がいやらしい。男根を抜き差しされていることに、羞じらいながら燃えている。欲情の高まりがまた新たな羞恥を生んでも、肉の悦びには抗《あらが》えない。

パンパンッ、パンパンッ、と尻を鳴らして連打を打ちこむと、

「ああっ、いいっ！」

上ずった声で叫んだ。身をよじり、着物から剥きだされた白い下半身を小刻みに震わせて、さらなる刺激を求めてくる。

光一郎は突いた。

息をとめ、夢中になって腰を使っていると、鏡に映っている自分の顔が赤鬼のようになっていった。

（たまらんっ……たまらんじゃないかっ……）

パンパンッ、パンパンッ、と尻を鳴らして突きあげるたびに、眼も眩《くら》むような愉悦《ゆえつ》が押し寄せてくる。はっきり言って、立ちバックのごとき難しい体位で結合したのは初めてだったが、自分でも驚くくらい自由自在に腰が動く。

おそらく、舞衣の桃尻のせいだった。

見た目がセクシーなだけではなく、後ろから突きあげやすい形と弾力をしているのだ。

突けば突くほどエネルギーがこみあげてくるこの感じは、それが理由としか思えない。光一郎はバックよりも正常位を好むほうなのに、びっくりするほど夢中になっている。

体の相性がいいのかもしれなかった。

奈々子とはそれを確認するために二度もベッドインしておきながら、いまだ結合が果たせていない。なのに、舞衣とはあっさり腰を振りあっている。射精を遂げる前から、相性のよさを実感している。

もしかすると、これは運命なのかもしれなかった。

ただ単に、舞衣の術中に嵌まっただけではなく、自分はこの女を生涯の伴侶《はんりょ》にする星の下に生まれてきたのではあるまいか。

そう思うと、蜜壷に埋めた男根が、ひときわ硬くみなぎりを増した。腰使いに熱がこもり、むさぼるようなピストン運動を繰りだしてしまう。

「ああああっ……ダ、ダメッ……」

舞衣が切羽《せっぱ》つまった声をあげ、鏡越しにすがるような眼を向けてきた。

「わたしイッちゃいそうっ……もうイッちゃいそうっ……」

「ああ」

光一郎は真っ赤な顔でうなずいた。

「いいぞ、イッてもっ……イケばいいっ……」

パンパンッ、パンパンッ、と渾身《こんしん》のストロークで突きあげると、

「あああっ、いいっ！ 光一郎さん、すごいぃいいいい－っ！」

舞衣は髪を振り乱して乱れ、ひいひいと喉を絞ってよがり泣いた。それでも健気《けなげ》に鏡に顔を向け、視線を合わせてくるのがいじらしい。

「むううっ！　むううっ！」

光一郎にもそろそろ限界が訪れようとしていた。ただでさえ締まりのいい蜜壺が、オルガスムスの前兆で収縮力を増し、男根を食い締めてきている。男根は射精の前兆で膨張率を増しているから、密着感がすさまじくあがっていく。

「あああっ……はぁあああっ……」

舞衣が身をこわばらせた。

「もうダメッ……イクッ……わたしイッちゃうっ……イクイクイクイクイクッ……はぁおおおおおおーっ！」

ビクンッ、ビクンッ、と腰を跳ねさせて、舞衣は絶頂に達した。その瞬間、蜜壺の食い締めも最高潮に達し、光一郎にもクライマックスが訪れた。

「おおおっ……出すぞっ……こっちも出すぞっ……」

フィニッシュの連打を送りこみ、最後の一打を深々と突いた。ドクンッ、と体の内側で爆発が起こり、煮えたぎる欲望のエキスが勢いよく噴射した。

「おおおおおっ……おおおおおおっ……」

だらしない声をもらしながら、しつこく腰を使った。会心《かいしん》の射精だった。ドクンッ、ドクンッ、と男の精を吐きだすたびに、痺れるような快美感が、男根の芯から頭のてっぺんまで響いてきた。

「おおおおっ……おおおおおっ……」

「はぁあああっ……はぁああああっ……」

喜悦に歪《ゆが》んだ声をからめあわせながら、長々と身をよじりあった。さすがの舞衣も、もう眼を開けてはいなかった。光一郎も倣《なら》うことにした。白濁液を放出しながらぎゅっと眼を閉じると、眼尻から熱い涙が流れていった。

第五章　キューピッド作戦

1

一週間が過ぎた。

息がつまるばかりの七日間だった。

光一郎と肉体関係ができてしまった舞衣は我がもの顔で〈月光庵〉のホールを闊歩《かっぽ》し、奈々子は彼女に仕事をとられて小さくなっている。ふたりの確執《かくしつ》を一歩引いて眺めている智世は終始暇をもてあまし、手持ち無沙汰《ぶさた》にうんざりしているようだった。

実際問題、テーブル席が四つと小上がりがひとつしかない小さな蕎麦屋で、ホール係が三人は多すぎる。

決断のときが迫っていた。

いや、もはや舞衣を選ぶ以外に選択の余地はないのだから、奈々子にどう謝ってお引き取り願うか、ということだけが問題だった。

しかし、それを切りだす勇気がなかなか出てくれない。

舞衣を選ぶことを告げれば怒りだすに決まっているし、平手のひとつやふたつお見舞いされるかもしれなかったが、それが怖かったわけではない。

未練があった。

舞衣を抱いてしまった以上、奈々子のことは諦《あきら》めなければならないのだが、彼女と二度と会えなくなると思うと、どうにも胸が苦しくなってしまう。

水を得た魚のようにホール係を務め、常連客と楽しげに軽口《かるくち》さえ交わすようになった舞衣をよそに、奈々子の表情は暗かった。その暗さが、胸を締めつけてくるのだ。ベッドの上では奔放《ほんぽう》で、じゃじゃ馬でさえある彼女が、これ以上落ちこんでいる姿を見たくない。

(それにしても、毎晩いったいどこに行ってるんだろう……)

店の二階に引っ越してきた奈々子は、けれども最近、店が終わると深夜遅くまで外出している。朝が早い光一郎は先に寝てしまうから、気がつくと隣で彼女が寝息をたてているという日が続いていた。

もちろん、光一郎と口をききたくないから、そんなことをしているのだろう。

話をすれば舞衣に負けたことを認めなければならないから、そのタイミングをつくらせないように外で時間を潰しているに違いない。

　そんなところも、いじらしいと言えばいじらしかった。

　しかし、いつまでも無為に時間を使うわけにはいかない。いくら未練に身悶えたところで、結論は動きようがないのだ。

　意を決した光一郎は、ある日の閉店後、奈々子を尾行《びこう》した。

　別れ話を切りだすなら、ふたりきりの部屋より、外のほうがいいと思ったこともある。そのほうが冷静に話ができる。奈々子にしても、接客の実力で舞衣に劣っていることは理解しているだろうから、落ち着いて話をすれば別れを受け入れてくれるだろう。

〈月光庵〉を出た奈々子が向かった先は、近所の小料理屋だった。

　ヤケ酒か、と光一郎は胸底で溜息をついた。あれほどの美女にヤケ酒を呑ませている自分は、なんて罪深い男なのだろう。俺は最低だ、俺は最低だ、俺は最低だ、と心の中で呪文のように唱えた。奈々子に申し訳なくて、熱いものがこみあげてきそうだった。

　何度か深呼吸をして店に入った。

「いらっしゃいませ」

着物姿の女将《おかみ》が、カウンターの中で微笑《ほほえ》む。奈々子の姿はなかった。カウンターだけの小さな店だ。手洗いにでも行っているのだろうと、ビールを頼んで喉に流しこんだ。

苦かった。

「ご近所の方ですか？」

女将が酌《しゃく》をしてくれる。年はそろそろ還暦《かんれき》かもしれない。しかし、たたずまいにも笑顔にも品があった。元は銀座あたりの高級クラブで働いていたか、芸者あがりかもしれない。

「ええ、僕はこの近くで……」

光一郎が言葉を継いだところで、

「女将さん、ちょっと……」

店の奥で声がした。奈々子の声だった。

「あら、どうしたの？」

女将は眼顔で光一郎に詫《わ》びてから、声の方向に向かった。厨房になっているのだろう、暖簾《のれん》の向こうに行って奈々子となにやらコソコソ話してる。

「大丈夫、うまく着れてるじゃない」

「そうですか」

そんなやりとりが聞こえ、やがて暖簾の向こうから女将が戻ってきた。続いて、奈々子も出てくる。髪をアップにまとめ、着物を着ていた。銀鼠《ぎんねず》色の着物とあずき色の帯に、清楚な美貌が麗《うるわ》しく引きたてられていた。

「……あっ」

光一郎を見て、奈々子が口を丸く開く。

「な、なにやってるんだよ、こんなところで……」

光一郎は思わず声を尖らせてしまった。てっきりカウンターに座ってヤケ酒を呑んでいるものだとばかり思っていたのに、彼女は働いていたのだ。〈月光庵〉のホール係を舞衣に奪われそうなので、新たな就職先をちゃっかり見つけていたのである。

「あら、お知りあい？」

女将が奈々子と光一郎を交互に見る。

「知りあいっていうか……〈月光庵〉の……」

奈々子が気まずげに言うと、

「やだ、そうなの？〈月光庵〉のご主人？」

女将は破顔《はがん》した。意味ありげな眼つきで光一郎を見た。

「あなた、いいお嬢さんを恋人にしたわね。彼女、自分は帰国子女だから着つけと接客を勉強したいって、お蕎麦屋さんが終わってから毎日ここに来てるのよ。お給料はいりませんって」

光一郎は返す言葉を失った。

奈々子はただ敗北感にうちひしがれ、ヤケ酒を呷《あお》っているような安い女ではなかったのだ。ましてや、新たな就職先など、げすの勘ぐりにも程がある。たとえ敗色濃厚でも、前向きな努力を重ねていたのだ。

思えば、蕎麦を啜る音のときもそうだった。人知れず努力して、不器用ながらも、自力で克服した。そういうところに、自分は惹《ひ》かれていたのではなかったのか。

「どうせ……」

奈々子はうつむいて言った。

「わたしは負けそうですけど……いまさら頑張ったって、彼女のほうがお蕎麦屋さんの女将さんには似合ってると思いますけど……」

「いや……」

光一郎は顔をこわばらせるばかりで、やはり言葉を返すことができなかった。

2

光一郎はビール一本だけで小料理屋を出て、〈月光庵〉に戻った。

灯りの消えた店の前に人影があった。

智世がぼんやりと立っていた。

「どうしたんですか？　忘れ物？」

光一郎が言うと、

「どうしたのはこっちの台詞《せりふ》よ。幽霊みたいな顔しちゃって」

智世は皮肉っぽく笑った。

「人の恋路《こいじ》に首突っこんでもいいことないから、我関《われかん》せずを決めこもうと思ってたんだけどね……やっぱり気になっちゃって。少しいい？　話聞いてあげる」

「はあ」

光一郎はうなずいて店の鍵を開けた。ちょうど誰かに話を聞いてもらいたいと思っていたところだった。智世が相手として相応《ふさわ》しいかどうかは微妙なところだが、ふたりで小上がりに腰をおろすと、泣き言が口をついてしまった。

「俺、どうしたらいいんですかねえ？」

「とにかく全部話してみなさい。なにがあったかだいたい想像つくけど」

「想像、つきますか？」

「両方とやっちゃったんでしょ、要するに」

光一郎はがっくりと首を折ってうなだれた。

「まあ、そんなところです」

「で、どっちを選べばいいか悩んでるわけだ？」

「いえ……」

光一郎は首を横に振った。

「たぶん、自分の中じゃ最初から決まってたんですよ。もちろん迷いましたけど、好きなのはひとりなんです」

「好きなのは奈々子ちゃんだけど、舞衣ちゃんの誘惑に負けてやっちゃったと。あの子うまそうだもんね、殿方をベッドにお誘いするのが」

「どうしてわかったんですか？」

光一郎は眼を丸くした。

FUTABASHA

「どうして俺が好きなの……奈々子ちゃんのほうだって……」

「見ればわかるわよ」

智世は鼻に皺《しわ》を寄せて笑った。

「好きなだけじゃなくて、お似合い。もしキミがね、舞衣ちゃんの押しの強さに負けて彼女になびこうとしてるなら、とめようと思った。でも、その必要はないみたいね」

「そうですか……お似合いですか……」

光一郎は驚くと同時に安堵《あんど》した。お似合いかどうかはともかく、第三者の眼から見ても、自分は奈々子のほうが好きなように見えるのだ。人間、ときには自分がいちばん自分の心を見失うことだってある。

「じゃあ、問題はどうやって舞衣ちゃんを追いだすかね」

智世が言った。

「いや、しかし……」

こちらには抱いてしまった負い目がある、と光一郎は眼顔《めがお》で訴えた。

「関係ないわよ、一度や二度抱いたくらい。あんなふうに押しかけてくるくらいだから、どうせ彼女が強引に誘ったんでしょ」

「それはまあ……そうなんですが……」

「じゃあ、いいじゃない」

「あのう……」

光一郎は苦笑した。

「もしかして智世さん、舞衣ちゃんのこと嫌いなんですか？」

「うん」

智世はきっぱりとうなずいた。

「だって打算が丸見えだもん。彼女は結局、お店をやってる男の人と結婚して、それもあなたみたいに尻に敷けるタイプの嫁になって、自分がお店を仕切りたいだけでしょ」

「でも、結婚となると……多少の打算はしかたがないんじゃないでしょうか」

「どうしてあなたが彼女の味方をするのよ」

智世は唇を尖らせた。

「いや、まあ……一般論としてですよ……あくまで……」

光一郎は苦笑するしかなかった。智世は本気で舞衣を嫌っているようだ。たしかに、同性からは嫌われるタイプかもしれないが……。

「なんていうか、その……舞衣ちゃんの場合、本気度が違うんですよ。こっちでさっさと結婚しないと、田舎で見合いさせられて、農家を継がなきゃいけないらしくて」

「だから要するに、相手は誰でもいいんでしょ。お店やってて、尻に敷けそうな男なら」

「そう言われれば……そうなんですけど……」

「はっきりしなさいよ！」

バンッ、と智世はテーブルを叩いた。

「わたし、このままだったら、もうお店手伝えないよ。あの子ったら、最近すっかり女将さん気取りで、わたしのことまで顎《あご》で使ってこようとするんだから」

「いや、その……すいません……」

光一郎は深々と頭をさげて謝るしかなかった。すべては舞衣の誘惑に乗って抱いてしまった自分が悪いのだ。せめてあのとき一線を越えずにおけば、素直に奈々子を選べただろう。たとえ接客技術に難があっても、たとえ日本文化に対して大いなる勘違いをしているところがあっても、彼女が好きだと胸を張って言えたに違いない。

そのとき、ガラガラと格子戸が開けられた。

立っていたのは、奈々子でも舞衣でもなく、男だった。

近所の寿司屋の大将、梅村二郎《うめむらじろう》である。

「どうしたんですか、梅さん。もう店おしまいですよ」

光一郎が言うと、

「悪いが、いまの話聞かせてもらったよ」

梅村は眉間《みけん》に険《けわ》しい縦皺を寄せて言った。カランカランと下駄《げた》を鳴らして小上がりに近づいてくると、それを脱ぎ捨て、床に土下座した。

「ちょ……ちょっと梅さん、なにしてるんですか……」

光一郎は焦った声をあげた。智世もあんぐりと口を開いている。

「不肖《ふしょう》梅村二郎、四十一歳、折り入って頼みがある。一生のお願いだ……舞衣ちゃんを……舞衣ちゃんを俺に譲ってくれないか！」

「はあ？」

光一郎と智世は、首をかしげながら眼を見合わせた。いったい突然なにを言いだすのか、わけがわからなかった。

梅村は独身で、彼女もいないらしい。

舞衣のことを好きになってしまったのだろうか。

そういえば、舞衣が〈月光庵〉に来てからというもの、毎日店にやってきている。蕎麦は好物らしいが、それまでせいぜい週に一度くらいだったのが、下手《へた》をすれば昼と夜、一日に二回も来ることがあった。

彼女に惚《ほ》れてしまったせいで、毎日足繁く通ってきては、せつない気分になっていたということなのだろうか。

「恥ずかしながら、この年になって初めて、恋ってやつに目覚めちまったみたいなんだ……」

梅村は問わず語りにしんみりと言った。

「なんだかいまの話じゃ評判が悪かったが、俺にとっちゃあ舞衣ちゃんは天使だよ。てっきり光一郎くんと結婚すると思っていたから黙っていたが、そうじゃねえなら黙っちゃいられねえ。一世一代のプロポーズをする用意があらあな」

「ねえねえ、梅さん……」

智世がおずおずと声をかけた。

「わたしたちの話を聞いてたって、どのあたりから聞いてたの？」

「それは……」

梅村は気まずげに眼を泳がせた。

「光一郎くんが両方ともやっちゃったって告白したあたりから……」

ならば隠すことはなにもない。気まずげに尻をもじもじさせている光一郎に変わって、智世が話を進めた。

「で、舞衣ちゃんの狙いが、お店をもってる男の人との結婚なら、自分でもいいんじゃないかと思ったわけね？　たとえ打算でも天使と結婚できるなら」

「そういうことです」

梅村はうなずいた。

彼は光一郎のような脱サラのにわか料理人ではなく、十代から銀座《ぎんざ》の老舗《しにせ》で修業を重ねた筋金入りの寿司職人だった。現在経営している店は小さいが格式があり、遠方から訪ねてくる食道楽も多いらしい。舞衣のプライドを満たすには充分だし、彼女のことを天使とまで言うなら梅村は尻に敷かれても全然平気だろう。いささか気になるのは四十一歳と二十五歳という年の差だが、それにしたって愛情と打算が結託すれば乗り越えられない壁ではない。

「渡りに船って、このことね」

智世が光一郎を見て、にんまりと相好《そうごう》を崩した。

「梅さんがそこまで言うなら、わたしたちでお膳立てしてあげましょうよ。梅さんとあの子がくっついちゃえば、すべてが解決するじゃない」

「そうですかね……」

光一郎は力なく首をかしげた。

曲がりなりにも一度は体を重ねた女を、そんなふうに人に譲りわたしてしまっていいのかどうか難しいところだったが、このままいつまでも膠着《こうちゃく》状態を続けているわけにもいかない。梅村と舞衣がうまくいってくれれば、誰も傷つけずにすむことも事実だったので、結局、智世の提案にうなずくしかなかった。

3

翌日、光一郎と智世は早速お膳立ての席を設けた。

「今夜、みんなで酒盛りするけど、都合どうかな？」

夜の営業が終わりに近づいたころ、光一郎は舞衣に耳打ちした。

「ちなみに奈々子ちゃんは誘わないから」

「ふふっ、お誘い嬉しいな。もちろんＯＫですよ」

舞衣は当然のように快諾《かいだく》した。奈々子をはずすという一言が、ことさら胸に響いたようだった。計算どおりである。

光一郎と智世が用意したシナリオは、こういうものだった。

営業終了後の〈月光庵〉で酒宴を開き、そこに梅村がやってくる。光一郎と智世で梅村を散々《さんざん》ヨイショし、盛りあがったところで舞衣とふたりきりにする。

「わたし、お酒を呑むと淫乱になるみたい」という舞衣の台詞《せりふ》が、耳底にこびりついていた。光一郎とベッドインするための方便かもしれなかったが、たしかに舞衣は、酒が入ると豹変《ひょうへん》するタイプに思えた。

営業が終わると、奈々子はそそくさと店を出ていった。もちろん、小料理屋に修業に行くためだろう。それを見送り、光一郎、智世、舞衣の三人で、小上がりで呑みはじめた。

(しかし、可愛いよな……)

光一郎は舞衣を横眼で見ながら、胸底でつぶやいた。その日の舞衣は着物ではなく、チェックのミニスカートにぴったりしたニットという装いだった。おそらく、若さというもうひとつの武器で奈々子に差をつけようとしたのだろうが、その目論見《もくろみ》はずばり的中し、常連客の爺様たちに大評判だった。

(こんな可愛い子を譲っちゃうなんて、やっぱり俺、どうかしてるかな……)

やがて梅村が一升瓶《いっしょうびん》をぶらさげてやってきた。

「えっ……」

舞衣が訝《いぶか》しげな顔をする。毎日店にやってきているので面識はあったが、なぜ内輪の呑み会に彼が顔を出すのか疑問だったのだろう。

「どうぞ、どうぞ、梅さん」

光一郎は笑顔で梅村を小上がりに招いた。

「智世さんが姉貴分とするなら、梅さんは俺にとって兄貴分みたいなものなんだ。店を出した直後から、親しくさせてもらってててね」

そう言って梅村を舞衣に紹介すると、

「やだぁ、そんなに仲がいい方だったんですか。それならそうと早く言ってくださいよぉ」

舞衣は合点《がてん》がいった顔で笑った。しめしめという胸底のつぶやきが聞こえてくるようだった。家族にたとえられるほど気の置けないメンバーと酒宴を囲めるということは、自分が正式な結婚相手に選ばれたと思ったのだろう。奈々子を差し置いてなのだから、なおさらである。もちろん、そう勘違いするように仕向けたのだが……。

二時間ほど呑んだだろうか。

話題は店にやってくる近所の客の噂話《うわさばなし》が中心だったが、光一郎と智世は随所で梅村に話題を振り、彼のプロフィールを舞衣の頭に刷りこむように努めた。

「梅さんの店、この前グルメ雑誌に紹介されたんだよね」

と光一郎が言えば、

「だって梅さんところのお寿司おいしいもん。さすが銀座の老舗で修業しただけあるよね。脱サラしてにわか仕込みの光一郎くんとは段違い」

と智世も梅村をもちあげる。

「それにしても、いまだ独身っていうのが解《げ》せないね。梅さんほどの職人なら、モテるでしょう？」

「馬鹿ねえ、モテるから結婚しないに決まってるじゃないの。あなたと違って独身貴族なのよ」

「へええ、意外」

ようやく舞衣が食いついてきた。

「本当に独身でいらっしゃるんですか？」

酔いでピンク色に染まった顔で訊ねられ、

「ええ、まあ……」

梅村は鼻の下を伸ばして頭をかいた。

「若い時分から、イッパシの寿司職人になって店を構えるまで所帯はもたねえって決めてたもんで」

「でも、もうお店はもってるんですよね？」

「ハハッ、そうなると今度は、相手のほうがなかなかね……年もずいぶん食っちまったし」

「おいくつなんですか？」

「四十一になりました」

「やだあ、まだまだお若いじゃないないですか」

舞衣が梅村に酌をしたので、

「あっ……」

光一郎はわざとらしく声をあげて、ズボンのポケットから携帯電話を取りだした。みんなに背を向け、電話に出た。もちろん演技だったが、神妙な顔でコソコソと話をする。

「申し訳ない。蕎麦粉の仕入れでちょっとトラブルがあったみたいなんだ」

電話を切って言った。

「いまからちょっと行ってくる。小一時間ほどで戻れると思うから、みなさんはゆっくり呑んでてください」

「あっ、じゃあわたしも帰る」

打ち合わせどおり、智世が立ちあがった。

「これでもいちおう人妻なんで、あとは独身の人たちだけで愉しんで」

「ええっ？　まだいいじゃないですかぁ」

舞衣は引き留めようとしたが、智世はとりあわず、光一郎と一緒にそそくさと店を出た。

夜道を早足で歩き、最初の角を曲がって立ちどまった。

顔を見合わせた。

「どうでしょうかね？」

「う〜ん、あとは梅さんの腕次第かな」

お互いに相好を崩した。たしかに梅村がどうやって口説《くど》くかという問題はあるものの、ここまでは予想以上にうまくいっていると言っていいだろう。予想以上にふたりは打ち解けていた。舞衣が酒を呑むピッチも速かったし、ということはそれなりに酔っているはずである。

「さて、どうしましょうか？」

光一郎はふうっとひとつ息をついた。

「まだ時間も早いし、駅前まで出て、呑み直しますか。どうせ、家に帰るつもりはないんでしょう？」

「まあね」

智世は楽しげに笑った。

「でも、どんな気分？」

意味ありげな眼つきで、光一郎の顔をのぞきこんでくる。

「曲がりなりにも結婚相手の候補だった女を、梅さんにとられちゃうかもしれないのよ。嫉妬《しっと》の炎とか燃やしてる？」

「いやあ……」

光一郎は苦笑して頭をかいた。

「そういうのは、全然ないですよ」

「本当？」

「本当ですって」

「でも、彼女とやったんでしょ？」

「やったけど、ありません」

光一郎が頑《かたくな》に首を振ると、

「じゃあ見にいかない？」

智世は眼を輝かせた。

「ふたりで呑みにいくより、そっちのほうが絶対面白いよ」

「見にって……なにを？」

光一郎が首をかしげた。

「なにか始めるかもしれないじゃないの」

「店でですか？　いやー、それはないでしょう」

光一郎は小一時間経ったら、店に戻れない旨《むね》をメールで知らせることになっていた。鍵のありかを知らせて店を閉めてもらい、その後、酔った舞衣を梅村が次の店にエスコートしていくというのが、事前に打ちあわせたシナリオだ。

いくら舞衣が発展家でも、今夜知りあったばかりの男と店で始めるわけがない。一方の梅村は光一郎に恩義を感じているはずなので、その店で羽目をはずすとは考えづらかった。

「まあね、いきなりエッチまではしないにしてもよ……」

智世は言った。

「抱きあったりキスしたりはするかもしれないじゃないの。そこまでしなくても、あの梅さんが若い女の子を口説くところが見られるのよ。これは見物《みもの》じゃないかしらねえ」

「智世さんって……」

光一郎は呆れた顔で言った。

「あんがい人が悪いんですね」

「僕と結婚してください！　っていきなり土下座したりしてね」

眼を見合わせた。にらめっこをするようにしばらく真顔で睨《にら》みあっていたが、先にプッと吹きだしたのは、光一郎だった。昨夜の梅村の土下座が、まだ生々しく記憶に残っていたからである。

「行きましょう、行きましょう」

智世も笑いだし、光一郎の腕を取って歩きだした。

4

〈月光庵〉の裏には雑草の茂った庭がある。

二畳ほどのごく小さなスペースで、庭というよりただの空き地なのだが、光一郎はよくそこに丸椅子を出して休憩している。四方をまわりの家の壁に囲まれているせいか、妙に落ち着くのだ。

いつもは厨房の勝手口から出るその場所に向かうためには、壁と壁の間を蟹歩《かにある》きで進まなければならなかった。

ずいぶん子供じみたことをしているのに、智世は楽しそうだった。光一郎も光一郎で、心臓が早鐘を打つのを抑えきれない。のぞきというのは悪趣味でインモラルだが、やはり好奇心を揺さぶるものなのだ。

厨房の窓を開け、こっそり中をのぞきこんだ。

梅村と舞衣が差し向かいで呑んでいた。ミニスカートにおかっぱ頭の二十五歳と、角刈りに背広姿の梅村のツーショットは、なんだか法事に参加している姪《めい》と叔父《おじ》のようだったが、なかなか盛りあがっているようで、梅村は身振り手振りで話をし、舞衣は笑顔をはじけさせている。

光一郎と智世は眼を見合わせた。

メールをしてみれば、と智世が声に出さずにジェスチャーで伝えてくる。

光一郎は携帯電話を取りだし、舞衣にメールを打った。

――申し訳ないけど、ちょっと長引きそうです。お店のお酒は好きなだけ呑んでいいので、適当に切り上げて帰ってください。鍵はレジの横にぶらさがっています。忘れず閉めてください。

舞衣がメールの着信音に気づき、携帯電話を見た。

「やだ……光一郎さん、戻ってこられないみたいです」

と言って梅村に携帯の画面を向ける。

「そうか……それは残念だな……」

梅村は腕組みをして唸った。眉間に縦皺を刻んだ険しい表情から、腹を括《くく》っている心情が見てとれる。

「でも、これはチャンスかもしれない……」

「チャンスって、なんのです？」

舞衣が罪のない笑顔で訊ねる。

「舞衣ちゃんとふたりきりで話ができるチャンスだよ」

梅村は舞衣をまっすぐに見つめた。

「ぶっちゃけ、舞衣ちゃんは光一郎くんと結婚するつもりなのかい？」

「ええ、もちろん」

「でも、どうなんだろう」

梅村が芝居がかった態度で首をかしげる。

「はっきり言って、彼には奈々子さんもいるじゃないか。彼女とキミを両天秤に掛けているわけだろ？」

「それはわたしが望んだことですから」

舞衣は余裕の笑みを浮かべた。

「天秤に掛けて比べてくださいって、わたしがお願いしたんです。そうすれば、どっちがいい女かはっきりしますよ、って」

「光一郎くんって、そこまでするほどの男かねえ」

梅村が言うと、智世がクックッと喉奥《のどおく》で笑いを嚙み殺し、光一郎は苦虫を嚙み潰したような顔になった。

「とりたてて美男子でもないし、大金持ちってわけでもない。端《はた》から見ていて、キミが不憫《ふびん》でしょうがないよ。キミのようないい女が……」

「ふふっ、ありがとうございます」

「俺じゃダメかい？」

「えっ……」

「俺なら両天秤に掛けたりせず、キミだけを愛して、キミを幸せにすることだけを考えて生きるけど、それじゃあダメかい？」

「やだ……」

舞衣は仰天して眼を見開き、手を口にあてた。

「梅村さんって、見かけによらず大胆な人なんですね。それって横恋慕《よこれんぼ》ですよ。光一郎さんの兄貴分なんじゃないんですか？」

「もちろん、筋は通す……」

梅村は立ちあがり、舞衣の隣に正座で座り直した。

「たしかに横恋慕だから、報告したときに殴られても蹴られても文句は言えない。ただ、彼だって両天秤に掛けているわけだから……とにかく、まずはキミの気持ちだ。彼から僕に心変わりしてくれる可能性が、あるかどうかだ」

「そんなこと……」

舞衣は赤く染まった顔を伏せた。

「そんなこと急に言われても……」

「蕎麦屋の女将も悪くはないが、舞衣ちゃんみたいに華やかな女の人には寿司屋の女将のほうが向いていると思う。はっきり言って、職人としても商売人としても、僕のほうがキャリアが上だ。商いの規模も大きい。キミに贅沢《ぜいたく》させてあげることができる……」

「ううう っ……」

舞衣は親指の爪を嚙みながら、恨みがましい眼を梅村に向けた。あきらかに迷っていた。気持ちが傾いていることを隠しきれなかった。

「やるわねえ、梅さん」

智世がコソコソと耳打ちしてきた。

「土下座で泣き落としでもするかと思ったら、どうしてどうして……真正面からきっちり口説きにいってるじゃないの」

段取りを整えた僕のことをダシにするのはどうかと思いますがねえ、と光一郎は思ったが言わなかった。たしかに、梅村の口説き方は正々堂々として男らしかった。

しかし、舞衣は容易には首を振らない。

「頼む、俺の嫁さんになってくれ。約束するから。絶対に光一郎くんの嫁になるより幸せにしてみせるから」

いくら梅村が迫っても、

「そう言われても困っちゃいます……」

もじもじと身をよじり、煮えきらない態度を見せるばかりだ。完全には断らないところが小悪魔的で、そうなると梅村のほうも熱くなっていく。

「なあ、俺の嫁になってくれるなら、どんな条件でも呑む。言ってみてくれ。俺にできることならなんだってさせてもらう。結婚式、新婚旅行、新居……全部キミの思うとおりでいい」

「べつにわたし、贅沢がしたいわけじゃないんです……」

舞衣はアルコールでピンク色に染まった顔をそむけた。

「結婚式を盛大にやりたいとか、新婚旅行は海外に行きたいとか、そういうのも全然ないし……ただ……」

「ただ?」

「立場っていうものがあるじゃないですか。わたし、けっこう強引に光一郎さんに結婚を迫って、この店にも押しかけてきたのに……途中で心変わりして、梅村さんと結婚するなんて、人としてどうなんだろうって……」

「人間だから、心変わりすることだってあるさ」

「そうかもしれませんけどね……でもできない……光一郎さんを裏切るなんて、わたしにはできません……」

舞衣はよよと崩れて頭を振った。若くて可愛いくせに、そういう仕草が妙に色っぽいのが彼女だった。

重苦しい沈黙が流れていく。

光一郎と智世は眼を見合わせ、梅村の敗北に同情した。

「いっそ、間違いでも起こってしまえばいいんですけどね……」

舞衣がポツリと言い、ねっとりと潤んだ瞳で梅村を見つめた。

「ま、間違い？」

梅村が素《す》っ頓狂《とんきよう》な声をあげる。

「女なんて、既成事実に弱いものですよ。ここで強引に押し倒されてしまったりしたら……そうしたら、もう諦《あきら》めるかもしれません。諦めて、梅村さんに心変わりしてしまうかも……」

「むむっ……」

梅村は息を呑んだ。途端にそわそわと落ち着かなくなり、視線を泳がせた。

（おいおい……）

光一郎は唖然としてしまった。

舞衣は完全に梅村を誘っていた。この場で自分を押し倒すことを求めることで、梅村の本気さを試していた。

「見物ね、これは……」

智世が高ぶった声で耳打ちしてくる。

「あんなに挑発されて、梅さん、耐えきれるかしら？　それとも……」

完全にのぞきを愉しんでいるようで、光一郎は酸《す》っぱい顔になった。挑発に乗ってしまえば、眼の前で破廉恥《はれんち》ショーが始まるのである。

（ここはうちの店だぞ……梅さん、せめて自分の家に彼女を連れてってくれ……あるいは駅前のラブホテルに……）

祈りも虚《むな》しく、梅村は舞衣の肩を抱いた。唇を押しつけながら、小上がりの畳に押し倒した。

5

「ぅんんっ……ぅんんっ……」

梅村と舞衣のキスは深まっていく一方で、外にいる光一郎と智世の耳にまで、ネチャネチャという淫らな音が聞こえてきた。

「好きだっ……好きだよ、舞衣ちゃんっ……大好きだっ……」

キスをしたことで梅村は完全にスイッチが入ってしまったらしく、顔を真っ赤にして舞衣の体をまさぐりはじめる。

「ああっ、梅村さんっ……」

舞衣が身悶えながらささやく。

「いくら間違いでも、強引なだけなのは、わたし、いやですからね……きちんと感じさせてくれないと……」

「わかってる、わかってるさ」

梅村はうなずきながら背広の上着を脱いだ。

「光一郎くんより燃えさせてやる……ああ、約束するよ……」

「ああんっ！」

ニットの上から胸のふくらみを揉みしだかれ、舞衣は白い喉《のど》を突きだした。梅村は鼻息を荒らげながらニットを脱がせ、ピンク色のブラジャーを露《あらわ》にした。

（す、すげえっ……）

光一郎はごくりと生唾を呑みこんでしまった。光一郎が舞衣を抱いたとき、乳房は着物の下にあった。揉みしだくどころか拝んでもいないが、想像以上の量感である。

ブラジャーをはずされると、その迫力に眼が眩《くら》みそうになった。可愛い顔と小柄な体なので気がつかなかったが、恐るべき巨乳の持ち主だった。

「むううっ、いい乳だっ……いい乳じゃないかっ……」

梅村が夢中になって揉みしだき、乳首を舐め転がす。

「ああっ、いいっ！　気持ちいいいっ……」

舞衣は眉根を寄せて悶え、ハアハアと息を高ぶらせた。左右の乳首がみるみる物欲しげに尖っていって、唾液の光沢《こうたく》で濡れ光る。

（ちくしょう……俺も揉んでおけばよかった……あれだけの巨乳なら、帯をほどいて揉みくちゃにしておけば……）

光一郎は痛恨の思いを噛みしめ、手のひらで汗を握りしめた。

ジェラシーなどなかったはずなのに、いざ眼の前で情事が始まってしまうと、さすがに冷静ではいられない。自分が抱いたときより、舞衣が感じているように見えるのは気のせいなのか。気のせいだと思いたいが、見れば見るほどそう思えてならない。

「可愛いよ」

梅村の手のひらが、ミニスカート越しに尻を撫でた。すかさずまくりあげると、黒いパンティストッキングに包まれた丸い尻が露になった。極薄の黒いナイロンに透けたピンク色のTバックパンティがエロティックだった。

梅村はパンストをずりさげ、舞衣を四つん這いにした。ピンク色のパンティが食いこんでいる桃割れに、鼻面を突っこんでいく。

「あああああっ！」

神聖な職場にもかかわらず、舞衣は艶《あで》やかな悲鳴を放った。もはや遠慮の「え」の字もない。黒いストッキングから剝きだしにされた白い尻をプリプリと振りたてて、さらなる刺激を求めている。

「匂うっ……匂うぞっ……」

梅村は興奮に真っ赤になった顔で、Tバックパンティの股布を引っぱった。クイッ、クイッ、とリズムをつけ、女の部分を刺激した。

「可愛い顔して、匂いはずいぶんいやらしいじゃないかっ……牝の匂いだっ……獣の牝の匂いがするぞっ……」

「くぅううう——っ！」

股布で女の部分をこすりあげられた舞衣は、まるで淫らなマリオネットのように身をよじる。パンティを引っぱられるほどに、四つん這いの体をくねらせてあえぐ。巨乳をはずませ、太腿を震わせて、卑猥な刺激に溺れていく。

「……ちょっと」

智世が眼の下をねっとりと紅潮させた顔で見つめてきた。

「な、なんですか？」

光一郎が気圧《けお》されながら訊ねると、

「なんだか……むらむらしてきちゃったね……」

智世の声は欲情に上ずっていた。

「そ、そうですか？　じゃあもう行きますか。人が盛《さか》ってるところを、これ以上眺めてるのも悪いですからね」

光一郎はひきつった顔で言い、その場から立ち去ろうとしたが、智世に腕をつかまれた。

「なに言ってるのよ。これからがいいところじゃないの。わたし、人のセックスって見たことがないから、ものすごく興奮してる」

「じゃあ、黙ってのぞいていれば……」

「せっかくなんだから、こっちもしながらのぞきましょうよ」

「むむっ……」

股間をむんずと鷲づかみされ、光一郎は息を呑んだ。ズボンの下では、もちろん勃起していた。光一郎にしても、人のセックスをのぞいた経験などなかったから、痛いくらいに硬くなっていた。

「ね、舐めてあげるから後ろから入れて。立ちバックなら、のぞきながらできるじゃないのよ。ね、ね……」

智世は言いながらしゃがみこみ、光一郎の返事をまたずにベルトをはずした。ズボンとブリーフをめくりさげ、隆々《りゅうりゅう》と勃起しきった男根を取りだした。

「ああんっ、すごい元気……」

智世が舌を差しだし、亀頭をペロペロと舐めはじめる。

「ちょっ……ちょっと待ってくださいよ、智世さんっ……」

光一郎は焦《あせ》った。一度体を重ねているとはいえ、彼女は世話になった元上司の愛妻だ。二度とあやまちを起こしてはならないと決めていたのに、智世のフェラチオは熱を帯びていくばかりだ。舐めるだけではなく咥えこみ、唇をスライドさせはじめる。

「と、智世さんっ……ダメですってっ……ダ、ダメぇぇぇっ……」

じゅるじゅると唾液ごと男根を吸われ、光一郎は情けなく腰をくねらせた。しかし、理性ではダメだとわかっていても、男根は野太さを増していく。人のセックスをのぞいてしまったことと、三十五歳の人妻の熟練フェラ、それに加え、ここが野外であることも大きいかもしれない。四方が壁に囲まれているとはいえ、オープンエアの解放感が不思議なほど興奮をかきたてる。

「うんあっ……もう充分ね」

智世は口唇から男根を引き抜くと、窓に向かって顔を向け、尻を突きだした立ちバックの姿勢をとった。みずからスカートをたくしあげて、淡《うれ》いブルーのパンティとナチュラルカラーのパンティストッキングに包まれた熟尻《じり》を露にした。

「ねえ、早く……」

智世が粘りつくような声でささやく。

「梅さんたちもバックで繫がろうとしてるわよ。早くして……」

「まいったな、もう……」

光一郎はつぶやきつつも、興奮がもう後戻りできないところに達していることを自覚していた。こうなったら、やるしかなかった。そうすれば少しは、舞衣に対するジェラシーも緩和《かんわ》されるかもしれない。

「いきますよ……」

ストッキングごとパンティをおろし、花園に切っ先をあてがった。智世は濡れていた。びしょ濡れだった。このアクシデントじみた野外の情事に、彼女もまた、激しく興奮しているようだった。

「むうう……」

息を吞み、腰を前にぐっと送りだす。びしょ濡れの花びらを巻きこんで、亀頭を割れ目に沈めこんでいく。

「んんんっ……くぅうううっ……」

智世が淫らに身をよじる。ずぶずぶと男根を沈めこんでいくほどに、喜悦で体中をわなわなと震わせる。

ずんっ、と最奥を突きあげると、

「ぅんんんんーっ！」

口を手で押さえて、鼻奥で悶《もだ》えた。結合の衝撃をやりすごすため、何度となく足踏みをした。

挿入を無事遂げたことで、光一郎はあらためて窓の向こうの店内に眼を向けた。あろうことか、梅村と舞衣はふたりとも全裸になっていた。まったく人の店でやりたい放題やってくれる。四つん這いにした舞衣を、梅村が後ろから突きあげている。

「おおおっ、好きだあっ……好きだよ、舞衣ちゃんっ！」

梅村はぐいぐいと腰を使いながら、ほとんどむせび泣いていた。女を貫きながら男泣きとは唖然とするが、彼としても、まさか今夜のうちに舞衣を抱けるとは思っていなかったのだろう。

「ああっ、いいっ！　いいいいっ……」

舞衣が白い裸身をくねらせる。

「梅村さんのオチ×チン、大きいっ……硬いっ……光一郎さんよりずっといいいいいーっ！」

ちくしょう、と光一郎は胸底でつぶやいた。いくら梅村の持ち物が立派でも、そこまであからさまに言うことはないではないか。光一郎としたときもひいひいよがり泣いていたくせに、まったくひどい女である。

怒りが腰使いに熱をこめさせた。

さすがに打擲音《ちょうちゃくおん》をたたせることはできなかったが、息をとめて渾身《こんしん》のストロークを叩きこんだ。蜜壺の奥の奥まで突きあげて、カリのくびれで濡れた肉ひだを逆撫《さかな》でにしてやる。

「くぅううっ……くぅううううっ……」

智世がちぎれんばかりに首を振り、髪を振り乱す。声をあげられないぶん、身をよじる動きが激しい。尻を突きだしては、左右に振りたてる。一ミリでも深く咥えこみたいという心情が伝わってくる。

「むううっ……むううっ……」

光一郎は首に筋を浮かべ、全身を小刻みに震わせた。射精の前兆が耐えがたい勢いで迫ってきた。しかし、耐えねばならない。意地でも梅村より長く続けなければ、男のプライドはズタズタである。

「たまらんっ……たまらんぞっ……」

梅村がむせび泣きながら、腰振りのピッチを速めた。

「舞衣ちゃんのオマ×コ、気持ちいいっ……よ、よすぎるっ……もう出ちゃいそうだっ……」

「ああっ、出してっ……」

舞衣が振り返り、欲情に潤みきった瞳を梅村に向けた。

「中でっ……中で出してっ……たくさん出してえええっ……」

「むううっ！」

梅村がうなずいてさらにストロークのピッチをあげると、

「はっ、はぁあああああーっ！」

舞衣は振り返っていられなくなり、甲高《かんだか》い悲鳴をあげた。

「もっとっ……もっと突いてっ！　もっと突いてええええーっ！」

「おうおうっ……出るっ……もう出るっ……」

「ああっ、きてっ……梅村さん、きてえええっ……わたしもイキそうっ……」

「出るっ……もう出るっ……おおおおうううっ！」

梅村が最後の一打を打ちこむと、

「イッ、イクッ……」

舞衣は突きだした尻をぶるんっと振り、次の瞬間、五体をビクンッ、ビクンッ、と跳ねあげた。

「あああっ……はぁあああーっ！」

「おおおっ……おおおううっ！」

恍惚《こうこつ》を分かちあった男女が声を重ねて身をよじりあう姿は、卑猥さを通り越して神々《こうごう》しくさえあった。煌々《こうこう》と灯った蛍光灯の下で淫らな汗にまみれて、ふたりの体はキラキラと輝いていた。

（よーし……）

梅村より早く放出しなかった満足感を胸に、光一郎はフィニッシュの連打を開始した。パッチン、パッチンと音がたってしまったが、オルガスムスに達したふたりの耳には届くまい。智世の腰を両手でがっちりつかみ、硬く勃起しきった男根で子宮をしたたかに突きあげた。

（もうダメだっ……出るっ……もう出るっ……）

渾身の一打を放ち、煮えたぎる欲望のエキスを噴射すると、

「うっくっ！　くぅうううううーっ！」

智世の体が激しく震えだし、くねりだした。両膝をガクガクさせては、ビクンッ、ビクンッ、と腰を跳ねさせた。オルガスムスに達したらしい。

「むううっ……むううっ……」

「くぅうっ……くぅうっ……」

くぐもった声をからめあわせ、長々と身をよじりあった。ドクンッ、ドクンッ、と男の精を吐きだすたびに気が遠くなるような快感が訪れ、光一郎は桃源郷をさまよった。最後の一滴を漏らしおえるまで、相手が世話になった元上司の愛妻であることも忘れて、肉の悦びに溺れきっていた。

第六章　木立《こだち》の中で

1

「すまねえが、勘弁してくれ」

翌日の〈月光庵〉には、光一郎に土下座している梅村の姿があった。

「舞衣ちゃんが、あんたの婚約者ってことは重々承知のうえで手を出した。かくなるうえはどんな罰《ばつ》でも甘んじて受ける。煮て食うなり焼いて食うなり、気がすむようにしてくれ」

もちろん、舞衣に見せるためのやらせパフォーマンスだった。

梅村が舞衣と付き合っていることを報告しにきた、という設定の場面だったが、報告もなにも、光一郎も一緒になってふたりが接近する段取りを整え、あまつさえ、ワンワンスタイルで燃え盛《さか》っている姿までのぞいてしまったのだから、すべてが耐えがたいほど嘘くさく感じる。

「もういいですから、顔をあげてくださいよ、梅さん……」

光一郎は鼻白《はなじろ》んだ気分を必死に隠して声をかけた。なんだか最近、彼の土下座ばかり見ている気がしたし、演技が大げさすぎてついていけない。チラリと智世を見ると、彼女もうんざりした顔をしていた。

「心変わりは誰にでもあることですから、梅さんと舞衣ちゃんがうまくやっていけるなら、それでいいですから。僕のことは気にしなくていいです」

「そうかい、そう言ってもらえるかい」

梅村は立ちあがり、光一郎の両手を取った。涙ぐんでいるその表情を見て、大げさな振る舞いもあながち演技だけではないのかもしれないと思った。舞衣を妻に娶《めと》れることに、心の底から本気で感動しているようだった。

（とにかく……）

これで邪魔者がいなくなってくれたわけだが、かといって事態がすんなり解決するわけではないのが、人の心の難しいところだった。

光一郎と奈々子の関係は、かえってぎくしゃくしてしまった。

ふたりきりになっても、会話のはずまない日々が続いた。

奈々子が自力で勝利を収めたわけでも、光一郎が奈々子を選んだわけでもな

く、舞衣の試合放棄によって、ふたりは再び結婚を前提として付き合うことにな
った。それが釈然としないのかもしれない。奈々子はプライドの高い女だから、
残り物を押しつけられたように思ってもしかたがない。
(失敗したかな。仕事ができようができまいが、俺としては奈々子のほうが好き
なんだって、はっきり言ったほうがよかったかな……)
後悔に悲嘆し、手をこまねいてばかりいる光一郎に業《ごう》を煮《に》やしたのだろう。
「ちょっと……」
ある日の中休み、智世に裏庭に引っぱっていかれた。
「あなた、いつまでぼやぼやしてるつもりなのよ。あれから一週間以上経ってる
のに、なんにも進展がないみたいじゃないの」
「はあ……」
光一郎は苦笑するしかなかった。
「話をしなくちゃと思ってても、なかなかきっかけがつかめなくて。店が終わる
と彼女、小料理屋に行っちゃいますし」
「いまそこで梅さんと舞衣ちゃんに会ったけどね……」
智世の声は尖っていた。

「あのふたりは、もう結婚式場まで探しはじめてるみたいよ。それに引き替え、あんたって男は……」

「そんなにいじめないでくださいよ。自分でも情けなく思ってるんですから」

泣きそうな顔で言う光一郎を、智世がキリキリと睨みつけ、気まずい沈黙が流れた。

「まったく世話が焼けるわね」

智世がエプロンのポケットからなにかを取りだした。映画のチケットだった。

「これあげるから、明日の休みに行ってくれば」

「本当に？」

光一郎は眼を輝かせた。智世という女は、なんて気が利《き》くのだろうと思った。

たしかに、外でデートをすれば、現状を打破するきっかけになるかもしれない。

欲求不満すぎて貞操《ていそう》観念に怪しいところがあるものの、やはり頼りになる姉貴分である。

早速、奈々子を誘った。

「智世さんに映画のチケット貰ったから、これ観て、帰りに旨《うま》いものでも食べにいこうよ」

「はあ……」

奈々子はいちおう了解してくれたものの、快諾《かいだく》という雰囲気ではなかった。表情が曇《くも》っていた。思えば、二階に引っ越してきたあたりから、彼女の手放しの笑顔というものを見ていない気がする。

初対面のとき、季節はずれの浴衣に抱え帯で登場した彼女は明るかった。調子っぱずれではあったけれど、笑顔が輝いていた。それを曇らせている原因が自分にあると思うと、光一郎はおのれの不甲斐なさが情けなくなった。

2

翌日、銀座で映画を観て寿司を食べた。

映画はハリウッド製の評判が高いラブコメディで、寿司はミシュランで星をとっている店を張りこんだが、心から物語を楽しんだり、料理に舌鼓《したつづみ》を打つことはできなかった。

奈々子の曇りがちな横顔を見るたびに胸がつまり、今日のデートの締め方を考えるほどに落ち着きを失った。

今夜はプロポーズをするつもりだった。

さすがに昨日の今日では指輪まで用意できなかったけれど、そういうことを言い訳にしていてはいつまでも関係の進展は望めない。少しは梅村を見習おうと思った。男らしくズバリと愛を伝えれば、女心は揺れるものなのだ。

「少し、歩こうか」

寿司屋を出ると夜だった。ぶらぶらと散歩し、日比谷《ひびや》公園に入った。会話ははずまない。お互い重く口を閉じたまま、人影のない方向へない方向へ、暗い公園を歩いていく。

「座ろうか」

眼についたベンチに腰をおろした。広場をぐるりと囲むようにベンチが並んでいるところで、昼間は弁当を食べるサラリーマンやＯＬで賑わうのだろうが、陽が落ちたいまは人影もなく、東京の中心とは思えないほど闇《やみ》が深かった。

「まったく、舞衣ちゃんには振りまわされたよなあ」

光一郎はあえて明るい口調で言った。

「俺は最初から奈々子ちゃんを選んでいるのに、無理やり間に入ってきてさ。散々掻きまわしておいて最後は梅さんとデキちゃうんだから、まいっちゃうよ。まあ、邪魔者が消えてくれて助かったけどさ」

奈々子は黙っている。

「わかってくれてるよね、俺の気持ち？」

光一郎は焦って訊ねた。

「俺と……俺と結婚してくれるんだよね？」

奈々子が曖昧《あいまい》に首をかしげたので、光一郎はますます焦ってしまう。

「おいおい、やだよ。奈々子ちゃんまで心変わりなんて言いだしたら。何度でも言うけど、俺はずっとキミのことだけが好きなんだから」

言いながら、チクチクと胸が痛む。実際には、彼女に隠れて智世とも舞衣とも寝ているのだから、最低な男である。

（いや、いいんだ。俺は元々経験値が低すぎたから、少しくらいキャリアを積んだほうがよかったんだ。奈々子ちゃんを感じさせるために……）

胸底で苦しい言い訳をしていると、

「でも、わたしたち……」

奈々子がうつむいてポツリと言った。

「まだセックスの相性だって確認してないんですよ」

「そうなんだよ！」

光一郎は我が意を得たりとばかりに膝を叩いた。

「奈々子ちゃん、小料理屋で働きだしてから毎晩遅いし、なかなかチャンスがなくて、俺も気を揉んでいたんだよ。だから、今夜は……」

奈々子の肩を抱いた。

「今夜はじっくり相性を確認しようじゃないか」

「……ここでですか？」

奈々子が怯えた顔で視線を泳がせたので、光一郎はプッと吹きだしそうになった。いくらまわりに人がいなくても、公園でセックスを始める馬鹿はいない。だいたい、これは彼女との初めての結合になるのだ。安っぽいラブホテルではなく、きちんとしたシティホテルに泊まるつもりで、軍資金だって用意してきた。

だが……。

奈々子の視線を追って驚いた。広場を挟んで反対側のベンチで、カップルがディープキスをしていた。夜闇《よやみ》に眼が慣れるまでは気づかなかったが、他にもふた組ほどのカップルがベンチで身を寄せあっている。

「日本人って奥ゆかしい民族かと思っていましたけど、あんがい大胆なところもあるんですね……」

つぶやく奈々子の横顔に、光一郎はドキリとした。ひどく羞じらい深い表情だったからだ。

(珍しいな、彼女がこんな顔を見せるなんて……)

これぞ大和撫子という清楚な美貌をもちながら、ガーター式のセクシーランジェリーをまとい、洋もののポルノ女優さながらの表情であえぐ奈々子である。外国育ちなら、夜の公園でイチャイチャする光景くらい見慣れていそうなのに、意外な反応である。

(もしかすると……)

本来の彼女はひどい恥ずかしがり屋で、それを隠すためにわざと大胆に振る舞っているところがあるのかもしれない、と思った。そうでなければ、野外でのあれこれを想像したくらいで、深く羞じらうわけがない。

「あのさあ……」

光一郎はとぼけた顔で話題を変えた。

「日本人は奥ゆかしい民族だなんて言うけど、実際はかなりのスケベなんだぜ。むっつりスケベさ」

「そ、そうなんですか?」

「たとえばだよ。奈々子ちゃんは小料理屋で着物を着てるけど、あの下にパンティ穿《は》いてる？」

「はい」

当たり前じゃないですか、という顔で奈々子はうなずいた。

「それはまずいな。着物の下にパンティなんか穿いたらいかん。着物用の下着は腰巻《こしまき》っていって、ただ布を巻くだけで、ノーパンが原則なんだ」

「嘘でしょ？」

奈々子が苦く笑う。

「ただ布を巻くだけじゃ……スースーしちゃうじゃないですか？」

「それがジャパニーズ・トラディッショナルなんだ」

「スースーするのがですか？」

「いや、それは結果的にそうなんであって、ノーパンでいる目的は、いつ何時でもセックスができるようにするためさ。ノーパンなら、裾《すそ》をまくればそのまま立ちバックで繋がれるじゃないか」

いささか強引な理論の気もしたが、そういう面だってあるに違いない。光一郎が自信満々で言ったので、

「そうだったんですか……」

奈々子は気圧されたようにうなずいた。

「ふふっ。つまり、奈々子ちゃんにも流れているんじゃないかな？　日本人のむっつりスケベな血が」

スカートの上から太腿を撫でると、

「いやっ……」

奈々子は恥ずかしそうに顔を歪めた。野外でイチャイチャすることに、ことさら羞じらいを覚えるタイプらしい。

（いいなあ……）

光一郎はうっとりと眼を細めてしまった。セクシーランジェリーや洋もののポルノ女優のようなあえぎ顔もよかったが、清楚な美貌をいちばんいやらしく映《は》えさせるのは、やはり羞じらっている表情である。

（どうしよう……どうしたらいい……）

頭をフル回転させて考えた。

あまりやりすぎると、嫌われてしまう恐れはある。

しかし、舞衣の出現でこじれてしまった関係を元に戻し、結婚しようというところまでテンションを高める突破口として、大胆なセックスは有効なのではないだろうか。

賭けてみることにした。

奈々子の中に眠っている羞じらい深さを呼び覚まし、いままで味わったことがない快楽の海に溺れさせてやることができれば、すんなりと元の鞘《さや》に収まることができるはずだ。奈々子が結婚相手に望んでいるいちばんのものは、セックスの相性なのだから……。

3

「なあ……」

スカート越しに太腿を撫でまわしながら、奈々子の耳にささやいた。

「今日の下着もやっぱり、ガーターストッキングなの？」

奈々子が恥ずかしげに顎《あご》を引く。

（なるほど。ということは……）

ストッキングを穿かせたままパンティだけ脱がせることができると、光一郎は内心でほくそ笑んだ。おまけにスカートはゆったりしたロング丈《たけ》だから、うってつけだ。

「行こう」

奈々子の手を取り、ベンチから立ちあがった。戸惑った顔をしている彼女の手を引き、遊歩道をしばらく歩いていく。人影のない木立《こだち》の中にうながして、スカートをめくりあげる。

「な、なにをするんですっ……」

奈々子は仰天し、焦った声をあげたが、光一郎はかまわずスカートの中に手を突っこみ、パンティに手をかけた。

「着物のときの練習だから……」

光一郎は真顔で言った。

「日本の文化を理解するには、ノーパンになってみるのがいちばんだから。さあ、脱いでみよう……」

「嘘でしょ？　嘘ですよね？」

泣きそうになっている奈々子から、パンティを脱がせてしまう。純白のレースだった。ということは、ブラジャーもガーターベルトも純白だということだ。想像しただけで勃起しそうになってしまったが、ひとりで興奮している場合ではな

い。パンティをズボンのポケットにねじこむと、

「行こう」

再び奈々子の手を取って歩きだした。

「待ってください、光一郎さんっ……スースーしますっ……脚の間がスースーしますっ……」

外灯の下を真っ赤な顔で内股になって歩く姿が、ぞくぞくするほど卑猥である。

「郷《ごう》に入りては郷に従え、さ。日本に戻ってきたからには、ノーパン文化に慣れてもらわなくちゃいかん」

光一郎はひとしきり遊歩道を歩いてから、再び木立の中に入った。三分と歩いていないのに、奈々子の呼吸はハアハアとはずんでいた。

「興奮してるんだろう？」

抱きしめて、尻を揉みしだく。

「そ、そんなことっ……あるわけないじゃないですかっ……」

ノーパンの尻をむぎゅむぎゅと揉みしだかれ、奈々子は身をよじったが、

「羞じらいながら興奮してるところ、とってもいいよ」

甘くささやきかけると、動きをとめた。

「堂々とセクシーランジェリー姿を披露されるより、ずっと興奮する。日本男児って、そういうものなんだよ」

興奮している証拠に、もっこりと隆起した股間を太腿に押しつけてやる。そうしつつ、尻を揉みしだく。片手を乳房に移してまさぐってやる。

「ああっ、ダメッ……ぅんんっ！」

拒絶の言葉を吐こうとした口を、キスで塞《ふさ》いだ。舌をねじこんで口を開き、ネチャネチャとからめていく。

「ぅんんっ……ぅんんっ……」

息もできない深いキスに、奈々子の顔は紅潮したようだ。洋もののポルノ女優めいた表情ではなく、内面から濃厚な色香を放射しはじめた。

「……興奮してるのかい？」

キスをといてささやきかけると、奈々子はコクコクと顎を引いた。

「恥ずかしいけど……恥ずかしいけど興奮しちゃう……」

「じゃあ、もっと興奮させてやる」

光一郎は膝を折ると、奈々子のスカートの中にもぐりこんだ。

「いやっ！」

という悲鳴が頭の中で聞こえ、獣じみた芳香《ほうこう》が鼻についた。片脚を肩にかけて股間に顔を近づけると、じっとりと湿った熱気まで漂ってきた。茂みの奥の湿地帯は、熱く疼《うず》いているようだった。

「な、なにを……っんんっ！」

女の割れ目に唇を押しつけると、奈々子の腰はビクンッと跳ねた。スカートの中の暗がりなので、どこになにがあるのかよくわからない。光一郎は記憶だけを頼りに舌を使った。綺麗なシンメトリーを描いて合わさっているはずの花びらを、ねろり、ねろり、と舐めあげた。

「くぅうっ……やめてっ……やめてくださいっ……」

悲痛な声をあげつつも、女の割れ目からは熱い蜜があふれてきている。左右の花びらを舌でめくりあげれば、そこは一気に泉となった。ねろねろと舐めまわすほどに発情のエキスがとめどもなくあふれ、光一郎の口のまわりをヌルヌルにしていく。

「むううっ……むううっ……」

光一郎は鼻息を荒らげて貝肉質の粘膜を舐めまわした。あふれる蜜を、じゅる

じゅると啜りあげ、喉を鳴らして嚥下《えんか》した。肉の合わせ目を舌先で探りだし、そこにあるはずのクリトリスを舐め転がすと、

「くぅううぅーっ！」

奈々子はせつなげな悲鳴をあげて、光一郎の頭を両手でつかんだ。

「おいおい……」

光一郎はスカートの中でささやいた。

「あんまり大きな声を出すと、まわりに聞こえちゃうぞ。クンニをされてるところ、見られちゃうぞ……」

「ええっ……えええっ……」

焦って視線を泳がしている姿が、眼に浮かぶようだった。実際には、かなり公園の奥までやってきているので、誰かに見つかる心配はないだろう。けれども奈々子は、いまのひと言で見えない人影に怯えるようになるはずだ。興奮と裏腹の羞恥心を、メラメラと燃え盛らせることになる。

（よーし、そろそろ……）

光一郎は満を持して右手の中指を舐め、唾液をまとわせた。涎じみた発情のエキスでしとどに漏らしている女の割れ目に、ずぶりと埋めこんだ。

「うっくっ……くくっ……」

奈々子が悲鳴を噛み殺す。

（むむっ、すごい締まりだ……）

光一郎は指を食い締めてくる蜜壺の収縮力に唸った。蜜壺だけではなく、体全体に緊張感が走ったようだった。

指を入れられたことで思いだしたのだろう。前回のベッドインでは、このやり方で潮吹きまで追いこまれたことを。

びしょ濡れの肉ひだを、ぐりんっ、ぐりんっ、と攪拌《かくはん》すると、

「ダ、ダメッ……」

奈々子は声をか細く震わせた。

「それは許してくださいっ……それだけはっ……」

もちろん、許すわけにはいかない。指を鉤状に折り曲げ、上壁のざらついた部分を押しあげると、奈々子の体はますます緊張でこわばった。クイッ、クイッ、と指を押しあげながら、舌先を肉の合わせ目に運んでいった。

「ぐぐっ……ぐぐっ……」

奈々子は必死になって声をこらえ、腰から脚までを、ガクガク、ぶるぶる、と

震わせた。

とはいえ、かなりソフトなやり方だった。潮吹きに追いこんだ前回が十とすれば、二か三程度の力加減だ。ただし、ここは野外。微弱な刺激も、痛烈に感じるだろう。蜜壺の奥の潤み具合は、前回に勝《まさ》るとも劣らない。

光一郎にも経験があった。店の裏の四方が壁に囲まれた狭い庭でさえ、オープンエアが不思議なくらい興奮をかきたてたのだ。

「ダメッ……本当にダメッ……」

奈々子が切羽《せっぱ》つまった声をあげた。

「わたしもうっ……もう立っていられないっ……」

光一郎は、肩にかけたあった奈々子の片脚を地面に戻した。もちろん、行為を中断するつもりはなかった。クリトリスからは舌先を離さざるを得なかったけれど、右手の中指は蜜壺に埋めこんだままだった。その状態で、スカートをまくって顔を出した。

「ひっ……」

光一郎と視線が合った奈々子の顔は、凍りついたように固まった。しかし、その清楚な美貌は、生々しいピンク色に染まりきり、喜悦に歪みきっていた。

「声だけはこらえてくれよ」

光一郎はニヤリと笑いかけると、鉤状に折り曲げた指の出し入れを開始した。今度は遠慮なしだった。指先をGスポットに引っかけるようにして、ぐちゃちゃと音をたてた。前回以上のピッチで責めたてつつ、左手でクリトリスをいじりまわした。

「はぁああっ、ダメッ……んんんんーっ！」

奈々子は両手で口を塞ぎ、必死に声を押さえた。だが、スカートから露出した両脚は菱形《ひしがた》に開いて、指の動きを受けとめる。真っ赤な顔できりきりと眉根を寄せながらも、こみあげる快感に抗《あらが》いきれない。

「ぅんぐぅううううーっ！」

やがて、両手の下で悲鳴をあげながら、潮を吹いた。まるで立ち小便のように、ピュッピュッ、ピュッピュッ、と飛沫《しぶき》が地面に飛んでいく。足下に水たまりができていく。

（エ、エロいっ……エロすぎるだろっ……）

光一郎はほとんど陶然として指を使いつづけた。

奈々子はなにもできなかった。ただ淫らに両脚を菱形に歪めたまま、腰をくねらせ、潮を吹きつづけた。光一郎が指の抜き差しをやめるまで、清楚な顔をくしゃくしゃにして悶絶していた。

4

三十分後。

光一郎と奈々子はシティホテルの部屋に入った。

日比谷公園の前でタクシーを拾い、適当なホテルに行ってくれと頼んだので、ゴージャスな夜景も気の利いたバーもなかったが、それでよかった。いまのふたりに必要なのは、裸になれる密室と、思う存分腰を振りあえるベッドだけだった。

夜の公園でのいささか強引な愛撫を、奈々子は咎めてこなかった。ひと言も口をきかず、黙ってホテルまでついてきた。口をきかないからといって、怒っていたわけではない。

タクシーの中でもエレベーターの中でも、ずっと光一郎の腕にしがみついたままだった。彼女の体は小刻みに震えつづけていた。野外での潮吹きがよほど衝撃的だったのか、あるいはこれから起こることへの期待がそうさせているのか、自分でも手に負えないくらい欲情しきっているようだった。

「どうしたんだよ、むっつりしちゃって？」

光一郎は苦笑まじりにささやいたが、奈々子には軽口《かるくち》を許す余裕もないらしかった。部屋に一歩入ると、扉の前で抱きついてきた。首に両手をまわし、強引に唇を重ねてきた。

「ぅんんっ！」

光一郎は眼を白黒させながら、熱い口づけに応えた。舌をからめあうほどに、いろいろな感情が伝わってきた。野外で潮を吹いてしまった羞恥、それによって高まった欲情……だが、いちばん強く伝わってきたのは、淋しさかもしれない。プライドの高い奈々子は決して口にはしなかったが、舞衣が出現して以来、ずっと淋しい思いに駆られていたのだ。

「ぅんんっ……ぅんんっ……」

舌をからめあいながら、奈々子の服を脱がしていった。セーターとブラウスを奪うと、白いレースのブラジャーが露になった。

予想どおりよく似合っていた。スカートのホックをはずして床に落とせば、白いガーターベルトが姿を現した。ストッキングはナチュラルカラーだが、太腿を飾るすべり止めが白いレースだった。パンティは公園で脱がせたままなので、優美な小判形を描く黒い草むらがいきなり現れた。

(たまらないよ……)

光一郎は生唾を呑みこみ、奈々子をベッドにうながした。自分も服を脱ぎ、ブリーフ一枚になりながら、口の中がカラカラに渇いていくのを感じた。

緊張していた。

好きな女といよいよ本懐《ほんかい》を遂げるから、だけが理由ではない。

かつて、奈々子に言われた台詞《せりふ》が耳の奥でリフレインしている。

「わたし、こう思うんです。結婚生活にいちばん大切なのは、セックスの相性なんじゃないかって」

そう、これはただのメイクラブではなく、相性を確認する試験のようなものなのだ。相性が悪いと判断されれば、結婚話はなくなり関係は終了。奈々子が荷物をまとめて出ていってしまう可能性もないとは言えない。

(大丈夫さ。潮まで吹かせたんだから、俺のテクニックだってそれなりに評価されてるはずさ。大きな失敗さえしなければ……)

自分に言い聞かせながら、奈々子に身を寄せていく。こちらに背中を向けていたので、ブラジャーのホックをはずし、後ろから抱きしめる。素肌と素肌が合わさった感触が、身震いを誘うほど心地いい。

「んんんっ……」

奈々子が鼻奥でうめく。光一郎の両手が、ブラジャーのカップの中にすべりこんでいったからだ。たっぷりした量感のふくらみを、むぎゅむぎゅと揉んだ。揉むほどに手のひらに吸いついてきて、うっとりしてしまう。

「あああっ……」

乳首をつまみあげると、奈々子は短く声をあげた。後ろから抱きしめているので、どんな表情をしているのかわからない。ただ、感じているのは間違いなかった。乳首の尖り方がいつも以上だった。

「むうっ……」

光一郎は乳首を指の間で愛撫しながら、長い黒髪に顔を埋めた。シルクの光沢をもつ黒髪は肌触りがよく、いい香りがした。うなじに舌を這わせると、奈々子はそこが性感帯だったらしく、

「んんんっ……あああっ……」

身をよじって悶えはじめた。首をひねってキスを求めてきた。

光一郎は応えた。ネチャネチャと舌をからめあいながら、奈々子の体を反転させた。ブラジャーを完全に奪って、ふたつの胸のふくらみを露にした。キスを中断して乳首を口に含み、物欲しげに尖ったその部分を、チュパチュパと音をたてて吸いあげていく。

「あああああっ……あああああっ……」

奈々子の悶え方が激しくなる。暴れる両手が肩を叩き、腕をつかむ。髪を搔き毟《むし》ってくる。

光一郎はそれをいなしながら、口づけの位置を乳房からじわじわと下に向けていった。脇腹、腹部、腰……黒い繊毛が見えてくる。小判形に茂った姿はエレガントだが、興奮で逆立っているところが卑猥である。

光一郎は奈々子の下半身のほうに移動した。

ガーターストッキングに包まれた両脚に手のひらを這わせ、撫でまわした。頰ずりまでしてナイロンの感触を愉しんでから、膝を割った。両脚をM字に割りひろげ、その中心に顔を近づけていく。

「あああっ……はぁああっ……」

まだ舌で触れる前から、奈々子の呼吸は高ぶっていた。光一郎の吐息が、女の花にあたるからだろう。公園からノーパンでいつづけたその部分は、淫らな熱気をむんむんと放ち、尋常ではない欲情を伝えてくる。獣じみた発情のフェロモンが、濃密に鼻先で揺れる。

（たまらないよ……）

光一郎はまぶしげに眼を細め、アーモンドピンクの花びらを眺めた。完全なる左右対称で、縦一本筋がまっすぐに走っている。本当に美しい。

一本筋を下から上に舐めあげると、

「あううううっ！」

奈々子は白いガーターベルトの巻かれた腰を、ビクンッと跳ねさせた。

ねろり、ねろり、と光一郎は舌を動かした。肉の合わせ目から滲みだした発情のエキスを舌ですくい、まわりにまぶしていく。花びらがじわじわと口を開いて、薄桃色の粘膜が姿を現す。つやつやと濡れ光って、卑猥な光沢を放っている。

（うまい……なんてうまいオマ×コなんだ……）

薄桃色の粘膜はぴちぴちした舌触りで、舐めまわすほどに、舌鼓《したつづみ》を打たずにはいられなかった。磯の香りがほのかに漂っているせいもあり、本物の貝肉を口にしているようである。

「むううっ……むううっ……」

勢い、舌の動きが激しくなっていく。ヌプヌプと舌を差しこんでは、あふれた蜜をじゅるじゅると啜りあげる。花びらをしゃぶりまわしては、包皮の上からクリトリスを舐め転がす。

「ああっ、いやあああっ……いやああああっ……」

公園で潮まで吹かせたせいもあるのだろう。奈々子の燃え方はいままで以上で、早くも長い黒髪を振り乱しはじめた。清楚な美貌はもちろん、耳から首筋、胸元まで、生々しいピンク色に染めあげて、愉悦の海に溺れていく。腰も太腿も、小刻みな震えがとまらない。

「むううっ……むううっ……」

光一郎はねちっこく舌を使いながら、ガーターベルトのホックをはずした。純白レースのランジェリーは奈々子によく似合っていたけれど、生まれたままの姿の彼女とひとつになりたかった。左右のガーターストッキングを、丁寧に脚から抜いた。生身の脚は呆れるほどに綺麗だったが、じっくり鑑賞している暇はなかった。自分もブリーフを脱ぎ、生まれたままの姿になった。

ブーンと唸りをあげて、勃起しきった男根が臍《へそ》を叩く。

我ながら恥ずかしくなるほどの急角度で反り返っている。

奈々子の両脚をあらためてM字に割りひろげ、その間に腰をすべりこませた。ズキズキと熱い脈動を放っている男根を握りしめ、切っ先を濡れた花園にあてがった。

「んんっ……」

奈々子が眼を細めて見つめてくる。光一郎も見つめ返す。亀頭と花びらがヌルリと触れあっただけで、息がとまりそうになった。いよいよだった。ついに奈々子と、ひとつになるときがやってきたのだ。

「いくぞ……」

声を低く絞ると、奈々子はうなずいた。息を呑み、ぎりぎりまで細めた眼をねっとりと潤ませて、ひとつになる瞬間を待っている。

光一郎はぐいっと腰を前に送りだした。

亀頭で花びらを掻き分け、ずぶずぶと奈々子の中に入っていった。

奈々子の中は熱かった。

亀頭を埋めこんだ時点であまりの熱さにたじろいでしまい、一気に貫くことがた。


できなくなった。小刻みに腰を動かして、肉と肉とを馴染ませる。入口の締まりがきつい。

思えば、Gスポットを責めていたとき、指すら食いちぎりそうだった蜜壺だった。

ほとんどおののきながら、小刻みに腰を動かし、じわじわと結合を深めていく。ずちゅっ、ぐちゅっ、という卑猥な肉ずれ音が早くも聞こえてくる。

「あああっ……あああっ……」

ぎりぎりまで眼を細めた奈々子の顔も、なにごとかにおののいているようだった。見つめあいながら、光一郎はさらに奥を目指した。たしかに締まりはきつかったが、蜜もたっぷりとしたたっている。いけるはずだと進んでいく。

「はっ、はぁあああああーっ！」

ずんっ、と最奥を突きあげると、奈々子は甲高い悲鳴をあげてのけぞった。のけぞりながら両手を伸ばし、光一郎の腕をつかんだ。光一郎は抱擁に応えるため、上体を被せた。深々と蜜壺を貫きながら、奈々子をきつく抱きしめた。

5

（こ、これは……）

挿入は無事遂げたものの、光一郎は動けなかった。奈々子にしがみつきながら、結合の一体感に息を呑んでいた。

凹《おう》と凸《とつ》がしっかりと嚙みあったこの感じは、いままでのセックスではついぞ経験したことがないものだ。しっかりと嚙みあっているのに、蜜壺がキュッキュッと収縮するから、身をよじりたくなるほどの快感がある。

だが、動くことはできない。ただ結合しただけでこれほどの快感が押し寄せてくるなら、動けばどうなってしまうのか、想像もできない。

「あああっ……あああっ……」

奈々子が見つめてくる。眉根を寄せ、あわあわと口を動かしているその表情は、洋もののポルノ女優のようではなかった。肉の悦びを謳歌《おうか》するのではなく、なにかにおののいている。光一郎と同じように、動けばどうなってしまうのか、期待を通り越して恐怖すら覚えているのかもしれない。

「キス……キスしてください……」

奈々子がか細く震える声で言い、

「あ、ああ……」

光一郎はうなずいた。唇を重ね、舌をからめあった。それでもまだ、腰を動かす勇気がわいてこない。蜜壺は絶え間なく収縮し、男根がますます硬くなっていく。汗が噴きだす。動いてもいないのにお互いの肌がヌルヌルとすべる。

「くぅうっ！」

膠着《こうちゃく》状態に耐えられなくなったのだろう。奈々子が身をよじった。しっかりと嚙みあった凹凸がこすれあうと、電流にも煮た快美感が光一郎の全身を痺《しび》れさせた。

「おおおっ……」

たまらず声をもらしてしまう。耐えがたい快美感が、腰を動かす。ほんの軽くグラインドさせただけだったが、それだけでさらなる快美感が五体をビリビリと走り抜けていく。

「ああっ、いやっ……」

奈々子が泣きそうな顔になる。だが、やめてほしいという「いや」ではない。恐怖と裏腹の期待が、あえぎ顔を無防備にしていた。ハアハアと息をはずませて、黒い瞳をどこまでも潤ませていく。

「むううっ！」

光一郎は腰のグラインドを抜き差しに変えた。まずはゆっくりと挿入感を嚙みしめようと思ったが、一度動きはじめると、もうダメだった。リズムに乗ってピストン運動を送りこんだ。ピッチがぐんぐんと上昇し、気がつけば渾身《こんしん》のストロークで突きあげていた。

「はぁああああっ……はぁあああっ……」

体の中心をしたたかに貫かれ、奈々子は艶《あで》やかな悲鳴をあげた。光一郎の腕の中でのけぞり、身をよじり、背中を弓なりに反り返した。奈々子が動けば動くほど、性器のこすれあう刺激は増していく。ただでさえ凹凸が嚙みあっているのに、どこまでも一体感が高まっていく。

たまらなかった。

こんなセックスの経験はなかった。

いちばん奥まで突いているはずなのに、まだまだ奥までいけそうな気がする。ブラックホールさながらに、奈々子の中は果てしなく深い。その中で、無数の肉ひだがざわめいている。蛭《ひる》のようにうごめきながら、男根に吸いついてくる。

「ああっ、いやっ……いやいやいやっ……」

奈々子が濡れた瞳で見つめてきた。

「こんなのっ……こんなの初めてっ……す、すごいっ……」

「相性、いいみたいだな？」

光一郎は必死に余裕を絞りだし、喜悦に歪んだ顔でニヤリと笑った。

「俺たち、セックスの相性、最高だよ」

「あああっ……はぁあああっ……」

奈々子はあえぎながらコクコクと顎を引いた。両脚を光一郎の腰に巻きつけ、もっと突いてと言わんばかりにぐいぐいと締めてきた。

「よーし……」

光一郎はカッと眼を見開き、上体を起こした。この時点で、相性の試験は終わったも同然だった。あとは好きなように抱けばいい。好きで好きでたまらない女の体を味わい尽くし、愛し抜いてやればいい。

腰にからみついた奈々子の両脚をほどき、足首をつかんだ。そのまま高く掲げ、白く輝く二本の美脚をVの字にする。パンパンッ、パンパンッ、と太腿を鳴らしながら、怒濤《どとう》の連打を送りこんでいく。

「あぁっ、いいっ！　いいいいいいいいーっ！」

奈々子が叫ぶ。両脚をVの字に開かれたポーズを羞じらいつつも、愉悦の波に呑みこまれていく。汗にまみれた双乳を揺らし、淫らにあえぐ。

「たまらんっ……たまらないよっ……」

光一郎は奈々子の足首から手を離し、汗にまみれた双乳を揉んだ。むぎゅむぎゅとひとしきり指を食いこませると、今度は腰をつかんだ。ずちゅっ、ぐちゅっ、と粘りつくような肉ずれ音をたてながら、深々と突いた。

しかし、もっと深く突きたい。

奥の奥まで入っていきたい。

奈々子の両脚を肩にかけた。そのまま体をふたつ折りにし、前傾姿勢で腰を使う。勃起しきった男根で、ずぶずぶと貫いていく。いままでよりずっと、結合感が深まっていく。

「はっ、はぁあおおおおおーっ！」

奈々子が獣じみた悲鳴をあげて、清楚な美貌をくしゃくしゃにした。奥が感じるタイプのようだった。ぐいぐいと貫けば貫くほど、体温が上昇していくのがはっきりわかった。五体の肉という肉が、淫らな痙攣《けいれん》を開始していた。

「ダ、ダメッ……もうダメッ……」

奈々子がちぎれんばかりに首を振った。

「もうイクッ……わたし、イッちゃうっ……」

「イケばいい」

光一郎は唸るように言った。

「こっちもそろそろだっ……一緒にっ……一緒にイクんだっ……」

最後の力を振り絞り、怒濤の連打を送りこんだ。ふたつに折り曲げた女体のいちばん深いところを突きまくり、えぐり抜いていく。ぐいぐいと、むさぼるように腰を使う。

「はっ、はぁあああああーっ！」

奈々子が叫んだ。

「イ、イクッ……もうイッちゃうっ……イクイクイクイクッ……はぁおおおおおおおーっ！」

ビクンッ、ビクンッ、と体を跳ねさせて、奈々子はオルガスムスに駆けあがっていった。

その体を押さえこみながら、光一郎はフィニッシュの連打を開始した。

体中がたぎっていた。

紅蓮《ぐれん》の炎に包まれたような熱気を感じながら、鋼鉄のように硬くなった男根で最後の一打を打ちこんだ。

「出るっ……出るぞっ……おおおううううぅーっ！」

煮えたぎる欲望のエキスを、勢いよく噴射した。ドピュッという噴射音が、体の内側に響いた気がした。

次の瞬間、体の内側で爆発が起こった。

ドクンッ、ドクンッ、と男の精を吐きだすたびに、衝撃的な快美感が男根の芯を走り抜けていく。熱気が尿道を駆けくだっていく。身をよじらずにいられないほどの喜悦が、体の芯まで痺れさせる。

「はぁあああっ……はぁああああっ……」

「おおおおおっ……おおおううぅっ……」

歓喜に上ずった声を重ねあわせて、身をよじりあった。

長々と続いた射精の間、光一郎は桃源郷をさまよっている気分だった。

凹凸がきっちり嚙みあった一体感は、恍惚を分かちあう段になってピークを迎えていた。

体を重ねてひとつになるという意味を生々しく理解しながら、光一郎は最後の一滴まで漏らしきった。

エピローグ

今年の冬が例年になく寒いせいか、近ごろ温かい蕎麦がよく出る。

冬にしか出さない鴨南蛮《かもなんばん》がいちばん人気だったが、おかめもたぬきも花巻《はなまき》も、競いあうようにして注文が入ってくる。

「おかめふたつにたぬきひとつお願いします」

弁柄《べんがら》色の着物に身を包んだ奈々子が厨房に来て注文を通した。やはり温かい蕎麦だった。蕎麦の香りを存分に楽しむには冷たいほうがお勧めだと光一郎は思っているが、客の注文に文句は言えない。

しかし、いくら温かい蕎麦が人気でも、どんな蕎麦より温かいのが、〈月光庵〉の夫婦仲だと、近所では評判だった。

「よっ、奈々子ちゃん、相変わらず美人だねえ」

常連客に声をかけられると、奈々子は注文を通すとき、かならず光一郎の手を握ってきた。

「ねえ、聞いた？　相変わらず美人だって」

「俺もそう思うよ。毎朝眼を覚まして顔を合わすたびに思う」

光一郎は満面の笑みで答え、奈々子の手を握り返す。

「ふふっ、嬉しい」

ふたりが結婚してから三カ月ばかりが経っていた。

店の切り盛りがあるので、まだ籍だけしか入れてないけれど、落ち着いたら盛大に式も挙げるつもりである。

「やーねー、仕事中にイチャイチャして」

月見《つきみ》蕎麦を啜っていた智世が、酸《す》っぱい顔を向けてくる。いまではホールの仕事は完全に奈々子にまかせているのだが、週に一度はわざわざ電車に乗って蕎麦を食べにきてくれる。

「専業主婦は退屈で退屈で」

というのが彼女の口癖《くちぐせ》だった。

「ここで働いていたときは面白かったなあ。またどっかで働こうかなあ」

そう言われても、光一郎は苦笑するしかなかった。

智世が「面白かった」と言っているのはホールの仕事ではなく、浮気のことを言っているに違いないからだ。元上司とは相変わらずセックスレスで欲求不満が溜まっているようだったが、下手に同情などすれば、こちらにばっちりが来そうなのでなにも言えない。

「それにしても、奈々子ちゃん、最近色っぽくなったわよねえ」

智世は食べ終えた丼《どんぶり》を持って厨房に入ってきた。洗い物が溜まっていたので、さりげなく手伝ってくれる。

「そ、そうですかね……」

光一郎が曖昧《あいまい》に首をかしげると、

「絶対そうよ」

智世はホールで仕事をしている奈々子を見た。

「なんだか腰のあたりが充実してるもの。やっぱり毎晩愛されてると、女は輝いてくるものなのよねえ」

「やめてくださいよ、昼間っから」

光一郎は苦く笑った。たしかに毎晩愛しあっているが、見透かされるのは照れくさすぎる。

「でもさ、最初にここに来たときは、表情や仕草がどことなくバタくさかったのに、それもなくなってるのが不思議。着物も上手に着こなしてるし、歩き方まで楚々《そそ》としちゃって。それも、愛する人のおかげかしら？」

「さあ」

光一郎は首をかしげつつも、さすが智世だと思った。彼女の指摘は正しかった。しかし、どうしてそうなったのかは、夫婦ふたりだけの秘密である。

ホール係として日常的に着物を着るようになった奈々子に、光一郎はパンティの着用を禁じた。ノーパンで仕事をするようになったせいで、奈々子は内股で楚々として歩くようになったのである。

だが、正直言って、それは欲望の副産物だ。

着物の下にパンティを穿かないでもらういちばんの目的は、仕事が終わったあと、すぐにでも奈々子に挑《いど》みかかっていけるからだった。

着物の裾をまくりあげ、店で盛《さか》ると燃えた。客には決して言うことができないが、営業を終えると、ほとんど日課のように店で夫婦生活を営《いとな》んでいるふたりなのである。

（クククッ、今日の着物はおニューだからな。閉店後はすこぶる燃えそうだぞ。奈々子もああ見えて、着物姿で後ろから突かれるのが大好きだからなあ……）

ホールで働く愛妻の姿を眺め、うっとりと眼を細めていると、

「ちょっとぉ」

智世がうんざりした顔で洗い物の手をとめた。

「昼間っからおかしなこと考えてるの、どっちなのよ。新婚さんって、ホントにはしたないわね」

智世の視線は、光一郎の股間をとらえていた。作務衣のズボンがもっこり大きなテントを張るくらい、光一郎は隆々《りゅうりゅう》と勃起しきっていた。

双葉文庫

く-12-29

露色《つゆいろ》アンバランス

2012年11月18日　第1刷発行

【著者】
草凪優《くさなぎゆう》

【発行者】
赤坂了生
【発行所】
株式会社双葉社
〒162-8540 東京都新宿区東五軒町3番28号
［電話］03-5261-4818(営業)　03-5261-4833(編集)
www.futabasha.co.jp
(双葉社の書籍・コミックが買えます)
【印刷所】
株式会社亨有堂印刷所
【製本所】
株式会社若林製本工場

【表紙・扉絵】南伸坊
【フォーマット・デザイン】日下潤一
【フォーマットデジタル印字】飯塚隆士

落丁・乱丁の場合は送料双葉社負担でお取り替えいたします。
「製作部」宛にお送りください。
ただし、古書店で購入したものについてはお取り替えできません。
［電話］03-5261-4822(製作部)

ISBN978-4-575-51539-8 C0193
Printed in Japan